U0101594

今日里
子女峥嶸
樂太
和

報喜〔老旦穿布襖舊裙悲容上唱〕

〔中呂合套〕〔粉蝶兒〕百折千磨受盡了百折千磨抛閃得兒女們生活播好教俺終日裏憶子悲夫對孤燈憐瘦影苦挨朝暮〔中

〔白〕零落晨星幷夜火受盡凄凉不堪數老身今早處置得升糧米諸事無備且喚孩兒出來區處徐貞孩兒那裏〔小帶包巾穿布海青上〕來了誰憐母子恁孤貧不禁傷心淚雨母親拜揖〔老旦〕兒嗄我年已衰邁生計全無如何是好〔旦〕母親請免愁煩待孩兒去挑些野菜拾些枯枝回來不母親容否〔老旦〕甚好只要早些回來〔小旦〕曉得〔從下場拏籃內放小刀〕取菜供餐飯拾枝聊當柴〔出門下介〕〔老旦〕早

早回〔看小旦下〕咳〔唱〕見了些冷清清山殘頹屋慘凄凄雲甕戶〔轉坐拭淚介〕〔末老生扮報人特報單上〕走嗄〔唱〕

〔南好事近〕捷報賞應多敢憚跋涉奔波十年辛苦博金鑾姓傳呼〔白〕一路問來此間已是打進去〔老旦驚立問〕你們是什人〔老生末〕我們是報喜的〔老旦〕嗄報什麽喜〔老生末〕老婆此間徐府大公子高中狀元特來報喜〔老旦〕大公子嗄叫麽名字〔末老生〕尊諱徐乾〔老旦〕徐乾哎呀是我大孩兒的字嗄〔老生末〕哎呀原來是太夫人小的們叩頭〔老旦〕請起起列位嗄小兒雖叫徐乾只是久已失散在外況又不曾書這狀元從何而來〔老生末〕我們在吏部堂上買來的條

照着鄉貫姓名來報、那知讀書不讀書、太夫人請收了喜

後場代掛 這是不差的、唱 況遊街已過、指日裏衣錦歸鄉故 老旦白

怕不是我家、末老生 我們還到別家去報、唱合 我須是報

無差、好賞我十萬青蚨 下介老旦隨出白 列位拏了報條去

是我家拏了去、嗄、哎呀竟自去了、好生奇怪、大孩兒一向

信杳然、難道中了狀元不成、我原不信、只是那報人呵、唱

石榴花 他說道狀元勅賜荷恩多 一霎的天來喜事報高科

介白 捷報貴府老爺徐諱乾殿試第一甲第一名狀元及

走近一看 嗄、笑介 哎呀呀一字也不差、唱 量不是無端淚

會傳訛 想科白 呀啐、只怕我在此做夢嗄、唱 莫不是積思勞

夢入南柯 又作想白 且住、方纔這些報人嚜、也是做夢不成

唱 旦憑着捷報人 旦憑着捷報人將前情一一來分訴、定

是無形有影閃賺騰那 白 哪、現有喜單在此、唱 這一紙報條

這一紙報條兒端的是君恩佈 拍手大笑冷想又哭 哎呀、拭

苦云 天嗄、我孩兒若果然中了是、唱 將俺從前怨苦盡消

轉身低云報單介 亦可喫茶 淨外持報單上 報 唱

南好事近 羨他繩武掇巍科、須當捷報如梭 看門式白 此間

是打進去 老旦 列位不要動手、喜單在此、拏了去就是了、

淨看介 咳、這是假的、老旦 原說是假的、外淨 我們纔是真

請看、扯開介老旦 待我來看、捷報貴府老爺徐諱亨征蠻

此劇初刺唱北調亦可其驚變擲菓二齣須分南北

功、欽賜武狀元及第、哎呀呀也是假的、〔外淨〕我們兵部堂親自買來的、怎麽假得〔唱〕名登虎榜傳來姓字非訛、況聖欽賜武狀元及第歸鄉故、〔老旦白〕若說徐亨、他又不曾赴試、狀元何來呢、〔淨外〕我們不管、喜單在此、改日來領賞、放條介〔老旦〕呀不是我家、〔外淨唱介〕我須是報事無差、好賞我十萬青〔下介〕〔老旦〕哎呀報喜的轉來、還是拏了報條去、嗄今日當在此做夢了、好教人猜疑不定也〔唱〕

【鬬鵪鶉】鬧攘攘捷報頻來、鬧攘攘捷報頻來、急煎煎難分頭亦喜又驚亦信又疑狀喜孜孜臉笑懷開、喜孜孜臉笑懷開、顫兢兢心搖膽播〔對報叫白〕徐乾徐亨、哎呀我那兩箇親兒嗄、若果有這一日〔唱〕

箇是富貴等人語不誣、誰承望一旦賜恩波、憑着那兄弟連、憑着那兄弟連登、說不盡歡來獨我、〔笑看條又笑念科〕〔末老生執單上〕報報報、〔唱〕

【南撲燈蛾】喘吁吁前來報事、因望巴巴犒賞天來大〔白〕不知那家可是、我們問一聲、噌老婆子、借問一聲、〔老旦〕問什麽、〔末生〕這裏徐府在那裏、〔老旦〕嗄此間只有我家姓徐、沒有什麽徐府嗄〔末老生〕這裏是了、你家老爺做了官、特來報喜、〔老旦〕方纔報過兩次了、一起是文狀元、一起是武狀元、不知那一起是、〔末老生看條介〕咳、名字多不是、我們纔是眞的、聖上賜光祿大夫、〔呈單與老旦看老旦不看〕嗄嗄、又是什麽光

大夫、啐、我曉得今日眞箇在此做夢了。(末老生)青天白日

什麼做夢、現有喜單在此。(作掛單科唱)一霎時欽賜恩頒

巍立時登臺閣、明晃晃名姓高標、威赫赫品爵賜光祿。(老旦)

不信有這等事、(老生白)請看、(老旦)捷報貴府老爺徐諱利

濟有功欽賜光祿大夫、這是我第三箇孩兒、(老生末)原來

太夫人、小的們叩頭、(老旦)哎呀起來、(末老生)太夫人請收

喜單、(老旦)哎呀只怕不是、(末老生唱)高聳聳茅簷掛着、(合)

着我同來領賞必須多、(下介)(老旦白)哎呀、不信有這等事難

我三箇孩兒(念須得法)飄散在外、一箇箇多做了官、(作想笑容)嗄、原

做官、是這等容易的、(唱)

(上小樓)笑吟吟喜氣添、亂紛紛樂事孚、恰便似錦繡成堆、恰

似錦繡成堆、翠遶珠圍、銀裝玉裹、俺則怕難受君恩、俺則怕

受君恩怎消、聖寵怎消、眷顧誰道是桑榆景暮、(仍轉看科疑

(二小軍不用執旗空手引上丑青素帶圓紗帽騎馬上唱

(撲燈蛾)眷眷的明君聖主、顯顯的椒房親屬、謹謹的內、道官

肅的軍兵護、(作到丑下馬進白立中老旦驚立傍)老婆子快

徐太夫人出來、(老旦)你們是什麼人、(丑)(昂然盼咐式)府上徐娘娘已生

子、聖上冊立爲后、特接國太國舅到京、請去接吉、(溫語鞠腰狀)(老旦)我

兒已冊立爲后了、(丑驚看老旦上下身)原來是國太夫人

官叩頭、(老旦急攙式介)哎呀請起、(丑立榜老旦立中云)只

沒有此事、(丑)詔書到府、怎生假得、(唱)勅旨遥臨遍人民仰、
速速的共赴黃堂、速速的共赴黃堂、緊緊的恭行開讀、(小旦
籃上白)野菜和根煮、生柴帶葉燒、(作進衆喝介)吠、什麼人、
旦唬出老旦卽扯進介)哎呀兒嗄、你姐姐已册立爲后、詔
到府、這些人是來迎你去開讀的、(小旦放籃)孩兒是不去、
這是什麼人、(老旦)這就是國舅了嗄、(丑)原來是國舅爺、小
叩頭、(小旦稚子狀樣老旦)哎呀請起、請起、(丑)請國舅上馬、
府去開讀、(小旦)母親、孩兒是不去的嘘、(丑)聖旨怎生違得、
右、快扶國舅上馬、(衆應老旦與衆云)列位、我孩兒是不會
馬的、扶好了、(丑打躬二小軍扶小旦上馬走卽喝導介)(唱
端的是一朝富貴到皇都、(衆下老旦望白)扶好了、看仔細嗄、
笑進見條又笑白)難得三箇孩兒、一齊報喜、我女又册立
后、今日之喜、亘古未有、正所謂苦盡甜來也、(唱)
(南意不盡)天恩、下降均沾露、德澤陽春、同布、(作想悲白)哎呀
那官人嗄、你終日爲兒女憂慮、以致喪身、那知他們命中、
箇箇都有功名富貴、(唱)今日裏子女崢嶸、樂太和、(下)

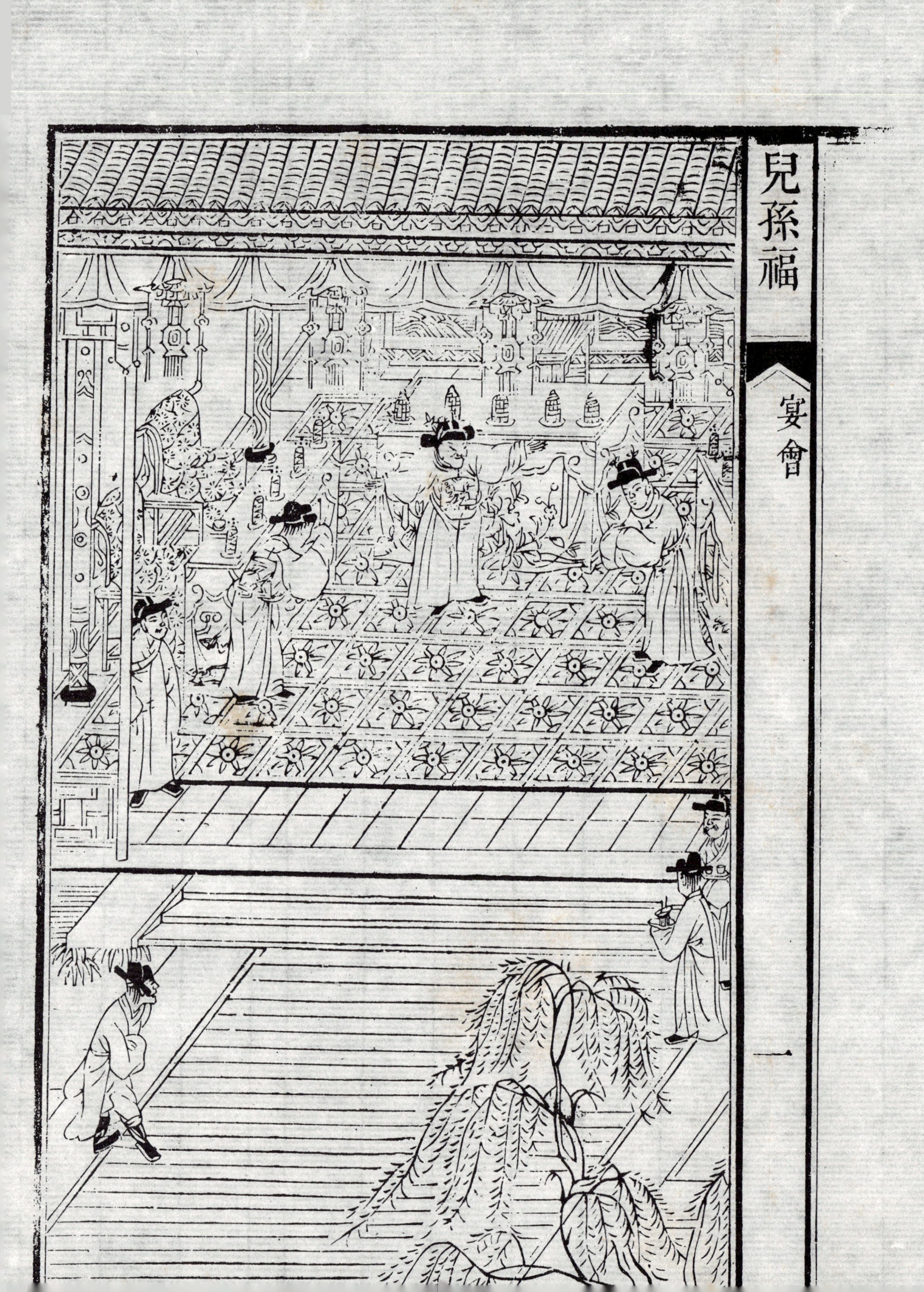

無邊福一齊來

宴會（正旦戴紗帽穿紅圓領上白）日暮蒼山遠、春深花事閒、故園常在目、遊子幾時還、（轉身坐）下官徐利、奉母命尋兄、誰知迷失山谷、幾致絕命、幸遇松大仙相救、又傳我仙方、賑濟饑民、承郡主奏聞朝廷、欽我進京、封爲光祿大夫之職、我雖安享榮華、只是二哥消杳然、不能報復母親、我想人生在世、貪圖榮貴、不顧母兄、不被人談笑、前日雖曾報聞、少慰母懷、即日上表奏聞、親南中查取二哥回來、少盡兄弟之情、報覆母親之命便了、早奉吉賜宴國舅、命下官主席、著文武狀元陪宴、堂候官、瞎上）有、（正旦）御宴可曾完備、（末）完備多時了、（正旦）各位老

到時急忙通報、（末）是、（正旦立起末隨下）（四小軍一傘夫執傘喝丑上丑帶圓翅紗帽插金花穿紅圓領帶八字鬚騎得意狀上）（唱）

（仙呂合套）（北新水令）瀟灑灑紗帽偶飛來、問何能驟然擔戴、非干說口、也沒甚濟川才、一謎的信口詼諧、（本來面目做）（笑介）騙得箇武狀元名大、（衆白）徐老爺到、（末上）老爺有請、（正旦上）怎麼說、（末）徐老到、（正旦）道有請、（末）爺出迎、（大吹打丑作下馬整衣冠拂靴介正旦走出）殿元、（丑）大人、（各迎迓）請、（各看隊進丑走左正走右白）嗄、好似我二哥、（丑）好像我三弟、（正旦）殿元、（欲揖丑住）哎呀、住丟、你莫非我三弟徐利麼、（正旦）正是、你敢是二

麽、[丑]你徐亨哥哥在此、[正旦]果然是哥哥、[丑]賢弟、[攙正旦]我問你、阿媽好麽、[正旦]好、二哥請坐、[對面坐介]待兄弟稟、[丑]你說得來、[正旦]自從哥哥別後、母親無日不想、一日然問起、[丑]你怎對、[正旦]我不合說了箇四川、[丑]勿要說便[正旦]那時我就改口、說了泗州、[丑]好、轉口得快、[正旦]什麽母親說泗州不遠、措置些盤纏、與我等了二哥回來、[丑]千萬水、那有許多盤纏、[正旦]哥哥你道做兄弟的那有許多纏、一路上只得、[欲言看末]廻避、[末應虛下][正旦丑各近椅][丑]勿番道、你說得來、[正旦]說也成醜、[唱]

南步步嬌 做吳市吹簫求人貸、[丑白]教化、咳、可惱、[拭淚介正

[唱]誤被山巒隔、連朝餓怎捱、虧了樵父相攜、赤松賑貸、[丑箇赤松是傄物事、阿喫得穀、[正旦]是位仙長、[丑]遇著子仙哎呀謝天地、這也好了、[正旦]有什麽好、那日到了盧州地忽然被人拏住、[丑]箇是爲傄了、[正旦]只爲天時荒旱、寸草生、那些人饑餓不過、要把我來充饑、[丑]箇嘿那處、[正旦]多赤松大仙贈我辟穀丹、轉濟了這一郡人民、那時太守聞即便上表具奏、蒙聖上呵、[唱合]恩詔自天來、這功名出自凡外、[丑白]原來這箇緣故、兄弟、這是你不違母命、一念孝心有此報、[正旦]請問哥哥、你的官從何來、[丑]兄弟要問做阿箇官、[正旦]是、[丑]真正老鸛乞跌、全憑嘴撑、[唱]

〔北折桂令〕調川中苦奉官差、撤夜巡邏、擊柝燎柴、〔白〕其夜正
思量箇娘、只聽得海裏忽刺一聲響、竟鑽出箇件物事來、〔
旦〕是什麽東西呢、〔丑〕你道傦物事、〔正旦〕什麽、〔丑〕哪、〔唱〕是青
实馬首、龍紋勢奔騰、似虎如豺、〔正旦白〕哥哥卻是何物、〔丑〕這
生、叫子傦海馬、洞蠻乘坐的、就是此馬、我見了不勝之喜、
說等我騎到營裏去請功、〔正旦〕這卻好了、〔丑〕傦好性命幾
失脫渠身上子、纔騎上去、乞箇衆生、對子海裏一奔、〔正旦〕
呀、這便怎麽處、〔丑〕其時身不由己、只得一把領鬉毛、但憑
傾缸傾缸、一奔奔到了彼岸、〔正旦〕到了那邊可好、〔丑〕一發
好了、你道奔到什麽所在、〔正旦〕什麽地方、〔丑唱〕卻奔到南

洞、塞眼睜睜教我、無計安排、〔正旦白〕這卻怎麽處、〔丑〕我說那
活勿成箇哉、只得沿海尋去、或者逃得這條性命、也未可
只看見一箇高墩上、擺著多少餚饌拉丟、我也用得著哉、
說且喫他一飽、就死做箇飽鬼、正啖之間、只見兩箇洞蠻
子來哉、〔正旦〕形容蒼活發科 這卻不好了、〔丑〕他見了我這麽一驚、我見了
這麽一呆、他道這是中國人、隔了大海、如何過來的、那一
說、難道插翅飛過來的、我就順了他們的口、竟說是飛過
的、彼時他們有些疑惑、被我有枝有葉、一頓亂說、究竟這
洞蠻原是箇直態子、竟聽信了、到來求救於我、〔正旦〕那時
哥便怎麽、〔丑唱〕假意兒與彼籌劃、弄得他意亂心歪、賺得

特地歸降因此上受職金堦〔正旦白〕全虧哥哥舌辯致成此
功〔照前坐介〕四小軍執金瓜一傘夫小生帶紗帽插金花
紅圓領騎馬上同唱介
南江兒水金勒斷芳草紅纓襯綠苔〔吹打衆白〕文狀元老爺
〔正旦丑出接介〕道有請嗄殿元〔各迎六目相覷〕請〔小生〕請
走左丑走右這也奇哉〔小生〕好似二弟模樣〔丑〕請問殿元
府那裏〔小生〕是淮陰〔丑正旦〕殿元尊諱是〔小生〕賤名徐乾
嗄我說是大哥〔正旦〕這就是大哥〔丑〕正是一齊見子你兄
徐亨在此〔正旦〕兄弟徐利在此〔小生〕果然是二位賢弟〔丑
旦〕大哥〔小生〕賢弟〔各笑唱〕這相逢驀地堪驚駭〔丑旦白〕大

請坐〔小生〕你二人官從何來〔丑〕我爲當兵入川招撫洞蠻
功欽賜武狀元〔小生〕三弟呢〔丑〕三弟因尋我不見路遇異
將辟穀靈丹濟世特授光祿大夫〔小生〕這也可喜〔丑〕噲阿
我想你不字勿識一箇那中子狀元〔小生〕二位賢弟那年
點繡女母親命我往城中打聽因迷失道路誤向叔孫府
借宿〔丑〕爲儕勿歸來〔小生唱〕被他强納東床生留在〔丑白〕
做親有儕强得殼〔小生連唱〕勉爲西席將書解〔丑白〕嗄哎
好受用嗄〔小生唱〕刺股懸頭無懈〔合〕今日幸得成名不負
燈幾載〔丑白〕好即是你一向阿思量箇阿媽〔小生〕母子天倫（氣式）
有不思念之理〔丑〕嗄你原思量殼我且問你叔孫府中到

裏屋裏嚜、只怕要差箇幾千里路去、〔小生〕不過數里、〔丑〕勿
嗄、只怕還隔幾重海拉去來、〔小生〕嗄、不過一城之隔、〔丑睜
嗄哎呀、〔唱〕
〔北鴈兒落帶得勝令〕〔鴈兒落全〕爲甚麼、對小生怒式遠遊兒去、不回、頓忘了高堂母把雙
壞、若不隔幾千重大漢川、敢則阻數百里東洋海、〔背氣介小
無趣式〕〔正旦白〕二哥請息怒、〔丑〕咳、勿關得你事、是你那裏
得、彼時呢、你們還小、我同你是親眼看見的、我裏箇爺死
好苦惱嗄、虧我裏箇娘、撫孤守節、何等苦楚、是你那裏曉
〔小生〕咳、〔丑學介〕咳、〔唱〕〔得勝令全〕吼、你好硬心腸、忒恁歪、那裏是
鬚蒼、人倫在、倒不如報慈母返哺、烏空學詩書把、良心、壞〔小

白〕賢弟、是愚兄不是了、〔丑〕勿是、重言式你倒是我勿是、〔小生低首
言狀〕〔正旦〕大哥必然還有別情、〔丑〕有箇別情、有箇別情嗄、
止不過是相挨、〔白〕來、〔正旦近式丑攙正旦手附耳輕唱〕他貪
着、少年妻恩和愛、〔白〕走來、你方纔這些說話、〔唱〕恁可也、丟開、
忘了、暮年親十月胎、〔憤白〕你箇沒良心、勿許裏姓徐、氣殺哉、
這事、〔獨坐中右手搭椅蹺左足將鬚氣介〕〔小生〕賢弟請息
愚兄雖不才、頗知孝道、〔丑怒云〕你還有箇孝道、〔小生〕那夜
他強留在家、不得已就了親事、誰知他們是詩禮傳家、道
一字不識、恐岳父回來見責、竟將我鎖禁攻書、彼時我幾
告回、岳母道已差人回覆的了、〔丑〕何嘗有信歸來、一箇字

脚也沒有嗄〔正旦〕這是他們安慰大哥之心耳〔小生〕二位
弟〔唱〕
南僥僥令奈何侯門深似海嚴固禁書齋一似折翼幽禽又
牢籠在〔合〕怎敢戀新婚逆母儕〔正旦白〕二哥方纔大哥之言
必無虛〔丑作同意貌〕哎呀這等說起來倒是我兄弟寃屈
你哉〔小生舍笑介丑唱〕
北收江南呀〔竝起唱做〕卻原來三不孝非伊罪呵錯認做蔡伯喈〔白〕阿
你勿要動氣做兄弟箇生成箇張老鴉嘴有個說話是蓋
叨呷喇說過子就丟開手哉〔正旦小生齊應丑唱〕望賢兄
莫記心懷只算做無知浪語亂胡柴〔攙小生介〕恕嗤嗤不才恕嗤嗤不〔天揖介小生嗄哎呀〔丑又揖小生還禮介〕

俺可也勇于受責罪應該〔對小生雙跪介正旦白〕大哥請受
〔小生扶丑〕賢弟請起請坐〔各坐二小軍執旗一傘夫引小
紗帽套翅紅蟒騎馬上唱〕
南園林好不生男何須怨哀幸吾姐門楣換改〔吹打小旦下
正旦出迎衆白〕國舅爺到〔丑〕我裏一齊出去迎接〔小生有
〔同云〕國舅請〔小旦〕二位殿元請〔正旦〕嗄你是四弟嗄〔小旦
來是三哥〔正旦〕見了大哥二哥〔小旦〕在那裏〔丑小生〕此位
〔正旦〕這就是四弟徐貞了〔小生丑〕嗄這就是四弟〔小旦〕大
二哥〔小生丑〕四弟〔各笑唱〕喜錦上重添花彩〔合〕無邊福一
來無邊福一齊來〔小旦白〕哥哥們爲何都在此〔正旦〕少頃對

說明、只是你爲何稱起國舅來、(丑)先請教你說說看、(小旦)

哥們不知、二姐姐入宮之後、生了太子、冊立爲正宮皇后、

差內監宣召我到京、封爲翰林供奉、又將山陽宮主招我

附馬、(衆)這也可喜、(丑)大哥、(小生)賢弟、(丑)二位兄弟、(正旦小

哥哥、(丑)我們今日幸爾身榮、況又一時相會、眞乃亘古奇

我等雖在此受用朝廷之福、奈母親在家受苦、我們今夜

一道表章、告假回去省親、以全孝道、如何、(小生同二旦)言

有理、但是本上如何寫、(丑)箇箇儕難、依命直講哉耶、(唱)

(北沽美酒帶太平令)(沽酒酒全)敘當年、家室衰、敘當年家室衰、母其子、苦延

一似狼狽相依、困草萊、把衷情細開料、君王必定鑒裁、(衆白)

恐不准怎麽處、(丑)若勿准、去求我裏二阿姐、(唱)(太平令全)(掩口低唱)量賢

身承恩賚、應不忘、西山日昃、須不比長門冷待、侍君情枕邊

礙、(小生白)倘再不准、如何是好、(丑)若是再勿准、我有箇粗

意拉裏、(衆)怎麽樣、(丑唱)俺呵憑着我體捱、淚灑向金堦痛、

(將紗帽除下做)呀、只得把朝冠疾解、(白)我裏竟纔勿做官、

奈殺子裏裏哉、(戴好紗帽介)(衆)也說得是、我們先謝聖恩、然

赴宴、(並立齊揖兩拜同唱)

南淸江引、鴈行遙向楓宸拜、感謝君恩大、一姐貴爲后、昆弟

冠蓋、(正旦小旦恭小生白)請、(丑)住去、住去、(雙抖袖大恭對小

國舅請、(小旦)哥哥、如今我們多是國舅了哽、(丑)是哽、蓋嚜

位國舅請嗄、（衆）請、（各笑唱）（合）今日裏小團圓、齊喝采、（笑齊

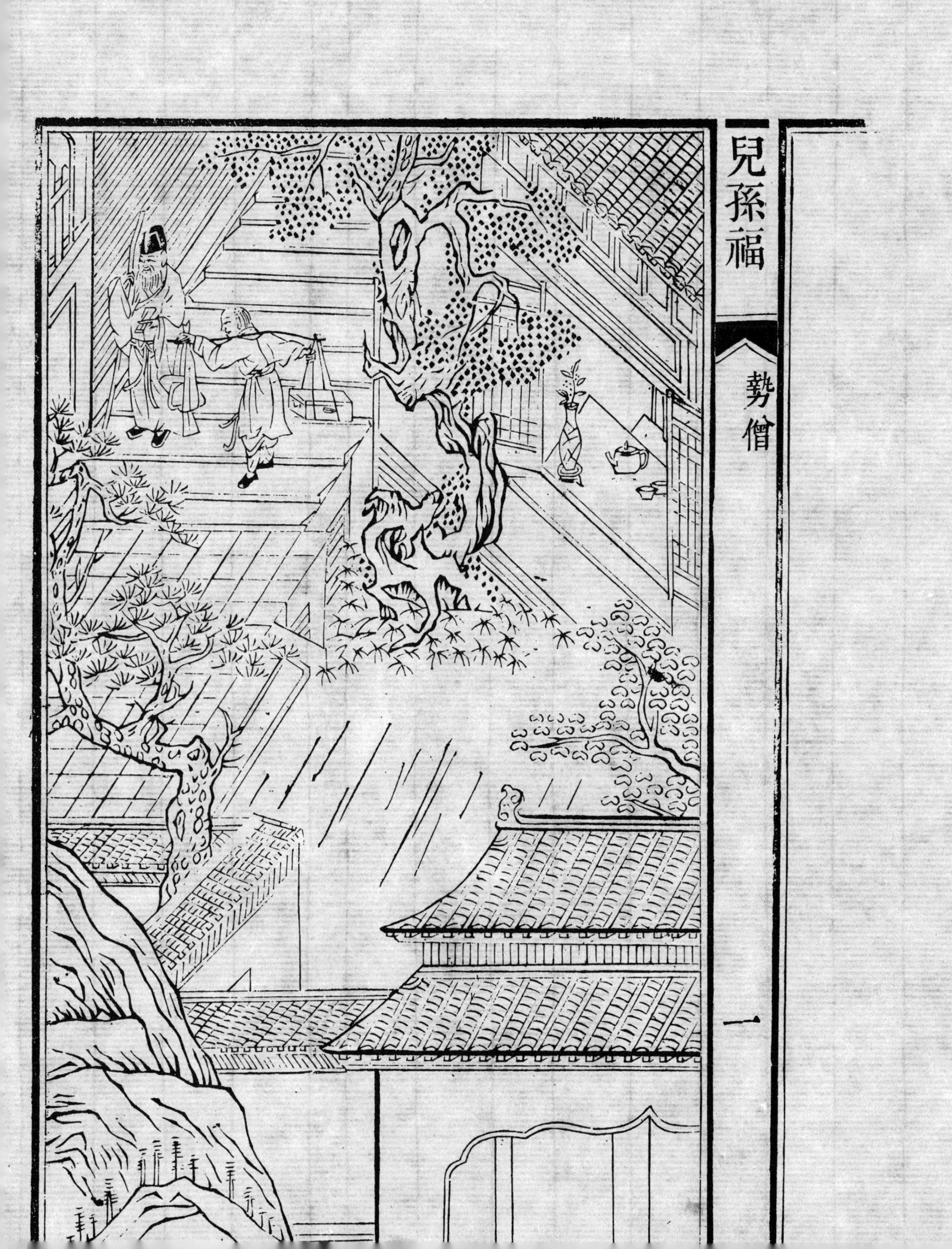

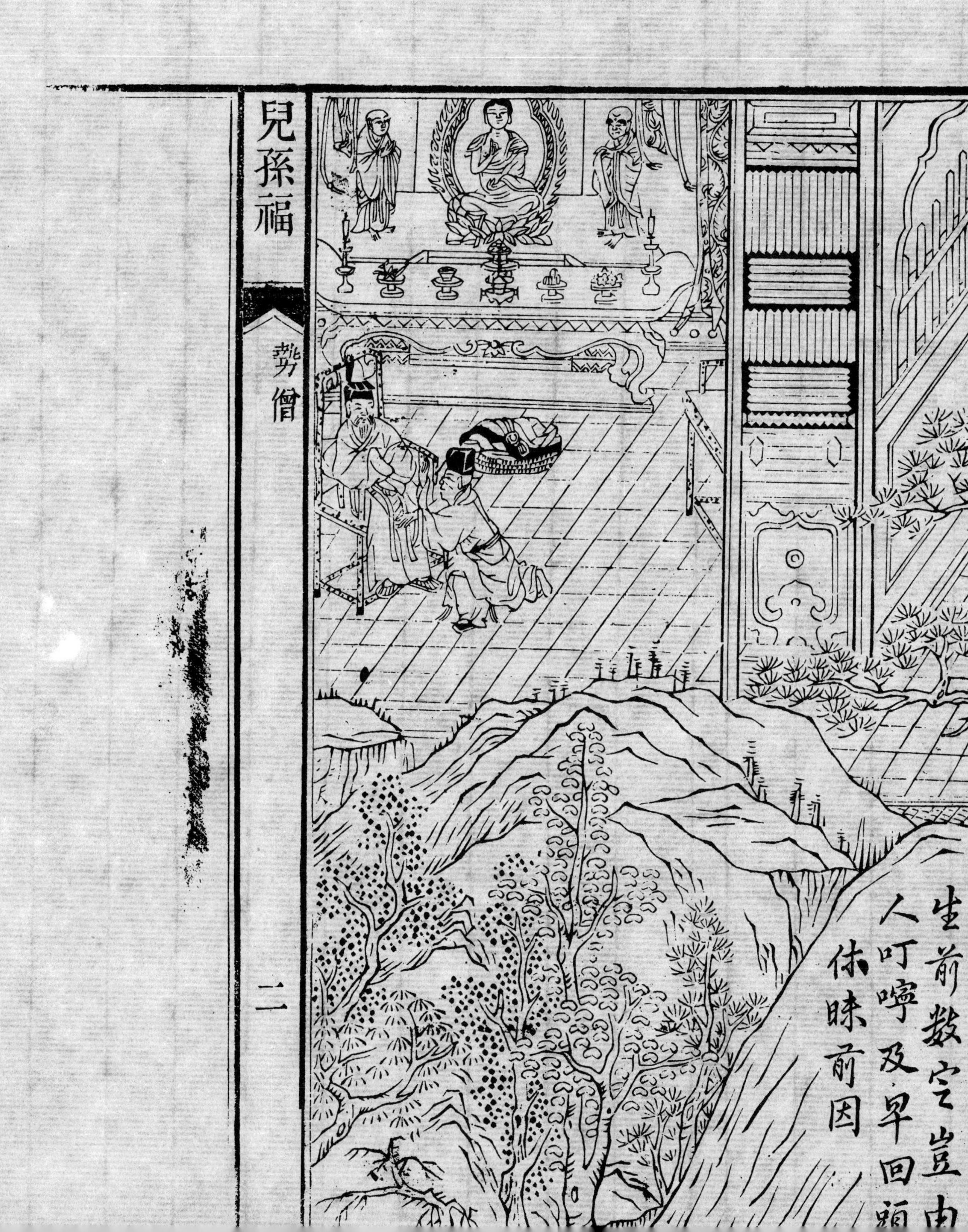
生前数定豈由
人叮嚀及早回頭
休昧前因

勢僧（老生戴唐巾穿紫花布褶繫宮絛帶白三髯揑珠念塲上設佛堂式）

商調引子【憶秦娥】青山近、此心無復燃餘燼、燃餘燼、蠟燭灰寒、春絲盡（如設歡門佛堂不坐若隨時正坐對上白）

秋風落葉滿山古殿燈殘石壁間昔日徑行人夫盡閒雲夜夜自飛還

漢徐小樓自那日在五里橋投水蒙老和尚救我到山每於佛殿上燒香點燭灑埽庭堦不覺又是二十餘年嘎鬚浩然身軀傴曲咳想我髮妻言氏兒女五人自我出門時無粒米束薪在家諒他們實難存活妻嘎你若改嫁得好（悲介）不致落薄哎呀只苦了五箇兒女在晚爹手內過活非打罵若存一處還好倘不容留飄散在外性命難保我朝思

想嘎眼淚流乾幾番悵恨欲死又蒙老和尚開示只得勉偷生罷我今年已七十筋力衰敗也是無用之人了還要戀這些業寃怎麽（唱）

商調正曲【集賢賓】空門道侶局外人（將經桌收拾介）忽又牽戀前因奈欲斷塵緣未肯向青宵觸緒紛紛我癡情暗忖莫非有團圓之分（呆想白）呀呸徐小樓嘎徐小樓你下半截已入土了還要作此想（唱合）巴得穩早晚間伴眠蟻蚓（作悶式介）

（淨穿緞褶繫宮絛戴緞和尚帽穿綾襪僧鞋不用畫鬚本髯妥左臂搭袈裟右手揑素珠帶走帶囑帶指帶歡上白）人胙日徐太夫人那裏布施的上白米一千挑江荳淮麥（正生悶坐忽聞淨白漸漸立起走聽驚式）總一千六百擔都上倉廒其餘這些綾緞布疋再有襯錢

千兩要上內庫、(內應介)(此白要一口氣到底)來嘎還有這菓品茶食油鹽柴炭
一點明不許靡費嘎、(揚州土語)(內應)老生聽駭然走出左上迎介(淨)
白(淨)笑郎云 別郤五侯府忽又到名山、(轉)至中走進老生
淨喜容叫(淨介) 師父回來了、(淨)哎呀老道在這裏、各進介
(生)師父、(淨)老道、(咳嗽)放袈裟椅背上作懶腰發狀擦眼介
(生)辛苦嘎、(淨)不辛苦、(老生)什麼人家布施這許多財物、(淨)
徐府上太夫人送來的、(老生)哎喲好箇大施主嘎、郤也難
(淨)老道嘎我出家幾十年那些公侯宰相仕宦人家也曾
過無數道場法事、郤沒有看見這樣大人家、(老生)嘎什麼
人家畢竟做什麼大大的官請說、(淨)老道嘎諒你沒有見
只怕聽也沒有聽過嘎、(老生)師父怎麼樣箇大法請教、(淨)
造化你聽我說、(老生)請講一講、(淨)他家的太夫人就是當
皇上的丈母娘、(老生)嘎、國太夫人、(淨)他生四子一女、(老生)
不消說都是官了、(淨)好猜、長子文狀元拜東閣大學士、(老
驚式(淨)次女、(老生)唔、(淨)哎唷歪這就怕了、(老生)怎見得、(淨)
是皇上的正宮娘娘怕不怕、(老生)次女就是皇后、(淨)喬容、
三子欽賜武狀元封平南伯、(老生)嘎、(淨)四子是光祿大夫、(輕云掩口介)
(生)光祿大夫、(淨)五子欽賜翰林供奉又賜公主成婚、(笑介)
生亦笑云 好嘎、(淨)長孫在襁褓、蔭襲承德郎你道大不大、
(生)其實罕聞、師父那家私一定是巨富的了、(淨)咳好猜嘎

賜田園萬頃、勑賚華厦千間、廐中肥馬成羣、門外車輪無數
家人八百、門客三千、歌姬舞隊、鼓吹喧闐、還有箇大大的花
園、造得十分華麗、四時有不謝之花、八節有長春之景、黃金
高北斗、米穀爛成倉、老道莫說認得貴人一面、就是在廊下
挨挨擦擦、眺眺望望、莫說瞻光、連人身也不脫的、(笑介)老生
(笑云)好箇極富極貴人家、若是我等之人、到他府門首、可以
看得麼、(淨)看得、(老生)師父、但不知他家追薦何人、(淨)嗄、追薦
他先考府君徐小樓、(老生)哎呀、就是老漢的名字嗄、(淨)咦欲打式
起胡話、徐小樓早已投水死的了、咲甚的你嗄我嗄、(老生)師父仍坐介
不知、(淨)莫說夢話、(老生)我那年投水、蒙老和尚救免的、正是

老漢、(淨)嗄、徐小樓就就是太老爺、(老生片袖)就是老漢、(淨
(介)小僧有眼不識太老爺、請坐、小僧這裏叩頭、(老生坐扶介
不敢、請起、(淨立右邊云)一向少敬太老爺、(打深恭老生笑)好
說、(淨)多多得罪了又打恭太老爺、(老生)豈敢豈敢、(淨滿臉堆笑迎
通文狀、太老爺好嗄、可曾用過早膳麼、(老生)喫過了、(淨)嘖嘖老生捋鬚撲面介
嘖、好氣色嗄、鬍鬚生得好、猶如銀絲一樣、兩眼放光、咳鼻子
發亮、就是箇太老爺嘍、(老生)但不知疏上怎麼樣寫在上面
(淨)狠呢、他疏上寫着淮陰郡公左柱國、(老生)嗄、是淮陰郡
左柱國、(淨又云老生冷呆淨大小目亦視生)(老生)哎呀、沒
干、老漢是白衣人、那有這等大官銜、(笑介)差了、(立起走左

變面云 嗄、這壠說不是的、老生 不是老漢、淨對右 娘、這頭
掉了、老生自語介 我說那有此事、淨怒顏白 老道、你臉上
色不好嗄、你莫喫嗄、作氣坐介老生 倍笑科 師父他是那裏人氏、
咳、不說了嗄、老生 畢竟要說箇明白、淨 罷了、叩還我的頭、
對你說、老生 是、是老人家跪不下了、作揖罷、淨 咳、不彀本錢、
生又揖云 恕我年高之人罷、淨 老道、便宜你了、老生 有罪、
祖貫是那裏、淨 聽講、唱
黃鶯兒 他祖貫是淮陰、老生白 嗄、也是淮陰、他夫人姓什麽、
連唱 寫着未亡妻言夫人 迺稱、老生聽言字大驚式淨唱 爲先
設薦、通誠悃、老生白 且住、可記得他兒子的名字麽、淨 他這

大老爺是徐乾、老生 嗄、徐乾、只怕記不淸、淨 好話耶、唱 徐
畢淸、老生白 第二位呢、淨連唱 徐亨、滴眞、老生白 吱呀、更奇、
三第四呢、淨連唱 徐貞、徐利、聲名振、老生聽淨唱郎白 徐
徐利、笑介 師父嗄、如此說、都是我的孩兒、淨一口氣云 嗄
乾、徐亨、徐利、徐貞、都都是你的兒子、老生 都是我的孩兒
些也不差、淨 吱呀、這嚜說、眞正是太老爺、老生 有些意思、
太老爺請坐、雙手扯推生坐老生白 不敢、淨 小僧、式笑 又
頭、老生 請起、淨立起笑狀 適纔冒犯了太老爺、雙足跪老
好說、淨磕頭介 切莫記懷、老生攙淨起 那有此理、請起、淨
左立上角、是、是、是、盧泰勢利式 請太老爺到小僧房裏喫便點心、老生

消、(淨)(揚州土語)爛不濟茶也喫一杯儹、(老生)不消費心、(淨)虛邀太老(老生)多禮了、師父你方纔說那徐乾是文狀元、(淨)不差是狀元、(老生冷)哎呀、又沒相干、(淨亦冷)卻爲甚的、(老生)他從不曾讀書、(淨)嗄、(老生)那有不識字的狀元、(淨)喲、文狀元都識字的、(老生)只怕差了、(淨)(奈氣式)你的大兒子、沒有讀過書的、(老生)其時衣食尚且無措、那有讀書資本、(淨)這麽說嘿、又不是(老生)又不是、(立起走右)(淨怒容發喊云)咳、過(揚州語輕打老生式)老爹、是呢、竟是的不是竟講不是哄、我拜懺似的跪上跪下、(反綁手介)你好沒意(氣介老生)師父不要氣、是老漢不是、磕還師父的頭罷、(叩)(淨)磕響些、(老生又叩介)(淨)不是的人家只道我們這些和

混賬式勢利了嗄、(老生)師父、(淨)噯、(老生)休嫌絮煩、(淨)寡話說、(老生)方纔所言四子一女他女兒叫什麽、(淨)哇、黑了天(老生)爲何、(淨)甚的、一箇正宮皇后娘娘你我做和尚的背叫他的名字、不是黑了天了、(老生)師父沒人在此、就叫何(淨)嗄是的、沒人在這塊、(老生)就說也不妨、(淨)如此附耳過(老生)請教、(淨輕唱合)掌妃嬪徐門孝女元后、不差分(老生)且住、但不知那箇元字、(淨將臂指寫式)呢、這麽一筆那麽筆、又加一撇、還有箇勾脚呢、(老生笑云)細細說來嘿、原是漢了、(淨坐云)嗄、前前後後對來、又是不差的、(老生拍開淨走右老生坐)(白)卻是不差、(淨)這樣嘿我的太、(欲跪自拂衣

你就眞正太老爺了、我也再不磕頭了、〔老生立介〕呀、〔唱〕

〔簇御林〕〔淨鴉兒蹺足坐介〕聽言語當理論、〔淨白〕世上那有過老太爺、〔老生連介〕把浮談當的真、〔淨白〕名字合式得狠、〔老生唱〕世間頗有名姓、〔淨白〕這老人家這雙耳朶卻也不壞、〔老生唱〕任他們渾塵凡性、〔淨白〕既是眞的、爲何不下山走走、〔老生唱合〕陡心驚年月日得斷這情根、〔淨白〕老和尚出來了、〔立右邊介末扮老尚上〕

〔琥珀猫兒墜〕因緣果報須索證空門、二十年來一夢魂、〔坐中淨老生白〕老和尚、稽首拜揖〔末〕你二人何必爭論、〔淨〕沒有鵲喙、〔生〕不曾說甚、〔末〕我已聽得多時、你正該下山享用兒孫之

〔淨背云〕哎喲哇、當眞是的了、〔老生〕弟子死心二十餘年、豈復戀塵世、〔末〕前數已定、豈由得你、〔淨瞎張羅〕這是一定之〔末連白〕有錦囊一箇付汝、你到快樂時方可開看、但在熱塲中、須當省悟、早早收羅、牢牢記者、〔淨自語介〕眞非凡人待我與他收拾行李去、〔虛下將扁擔挑綜蒲團行李扎舊立傍末即唱〕〔淨作趣容看式〕生前數定、豈由人、〔合〕叮嚀及早回頭休昧前〔老生白〕如此師父請上、弟子就此拜別、〔淨慌放擔推住生將袖甩地作吹塵式〕慢些地下髒呢、〔老生唱〕〔淨與老生扯扶介〕恐髒了衣服、

〔慶餘〕歸家謾道兒孫盛、怕認不出舊時門徑、〔末唱〕便屢變滄

少不得世界存、〔下介〕〔淨白〕哎呀呀恭喜太老爺賀喜太老爺、
小僧送送去、〔拏扁擔走老生扯住〕〔老生〕噲、我去便去、只怕
不是、〔淨〕好說、我家老和尚說了、再也不得錯的、〔老生〕嗄、如
待我來、〔拏擔自挑〕暫别、〔淨並走云〕太老爺決不是薄情的
到了富貴塲中、嘿嘿、不要忘了我們好師好友嗄、〔老生〕嗄
此多年攪擾、感蒙老和尚活命之恩、怎敢有忘、〔淨〕好、太老
不是邪皮人方纔我家老和尚有甚的邱壑付你的、〔老生〕
箇錦囊、〔淨〕好、一定有箇道理在裏頭、但太老爺起身甚促
無别物相送、不怕笑話、小僧有俚言八句贈爲别敬、〔老生〕
教、〔淨〕獻醜、〔老生〕請教、〔淨〕太老爺嗄、你身伴孤雲二十年、可

二十年了、〔老生〕正是二十年了、〔淨〕帶哭音咳、淒涼歷盡淚潸然、〔老
沾淚介〕〔淨〕太老爺回去、還是坐轎坐船、〔老生〕老漢是步行、
嗄、步行行步行的好、攓衣細雨空山過、慢步歸家是懶坐船、
〔生〕好嗄、〔淨〕說也肉麻、〔老生〕有話請說、〔淨〕太老爺你到邪亭
之處、還要照應照應小僧呢、〔老生〕何消吩咐、〔淨〕最喜你開
不費銀和鈔、揚州土語汰化應須要出錢、嗳呀愛死人嗄、夫妻續斷
新續咴、只怕繡被香窩不得眠、〔老生〕怎麽說不得眠呢、〔淨〕
是的、你兩箇老人家曠久了、一見見了面、畢竟說說話話
哭囃囃、兜兜搭搭拉拉扯扯、韻到了晚上你倒懶懶拍拍、韻你
老太不肯容你睡覺、只管與你唏唏聒聒、韻可是不得眠、〔老

休得取笑、請了、（下介）（淨）慢請罷、你看這老頭子、說了回家騷得狠呢、莫講他幾位乃郎、一箇箇絲綸閣下文章、靜我老和尚鐘鼓樓中刻漏長、（打自頭式）吥、我這孽障、孽障坐黃昏誰是伴、唔、那徐老頭子、雖有些年紀、（拍雙手擺搖笑介）吥唏唏哈哈、（似唱似念左手捏右袖右手縮肚在胸褰片袖介）紫薇花對紫薇郎、（下介）

兒孫自有兒孫福莫把兒孫作遠憂
兒孫福
福圓
二

福圓〔淨戴小綜帽四喜白鬚青布箭衣鞋襪上唱〕

高大石調正曲〔雙勸酒〕賭錢後、門做賊、畢竟買賣忒楞、出家怨命、又熬這般清淨、〔合〕倒不如、叫化終身〔立中白〕區區倏丟丟、只爲子箇賭博、弄得走頭無路、無極奈何、做子没本錢箇生意、思量箇夥計、原是要敎撞着子箇徐小樓箇强遭瘟、一生世無時運箇、剛剛頭一遭、就籮簌出子、亦虧我奔得快、捉呆大頂缸子、衣裳纔剝子去、一頓臭打、渠像淘氣勿過了、對子五里橋一跳、一條窮性命是斷送哉、我想做賊這夜、勿拏箇木人頭進去、這一刀是也了子食肚哉、爲此收子勿做夜遊神、竟叫化、那勿好丟口裏滴嗒、腰裏嘶颯、天下事務則要認眞、乞我早起夜眠、長聲短氣、原積趲箇點儹、

子半箇甲頭、西門外半箇扇分、這些散叫化子、都要服我管、可謂耀祖榮宗、原爭子口氣裏哉、囉裏說起徐小樓嘿哉、渠有四箇兒子、交這一部好運、箇箇高官顯爵、起子青能彀大房子、這些官府多來慶賀、近日做功德、追薦箇太爺、齋僧布施、做無數好事、我輩亦有常例、今日輪着我管去走一遭、萬事不由人計較、一生都是命安排、〔虛下〕〔老生前打扮挑行李蒲團上內白〕阿彌陀佛、〔上唱〕

仙呂正曲〔忒忒令〕苦奔波、登山渡川、受饑寒、過州穿縣、〔白〕我自下來、披霜帶月、已到淮陰地面了、你看江山依舊、人事皆非、

傷感人也、〔唱〕今悲昔感不由人不怨〔白〕我想當初出門時
還是壯年、今日阿、〔唱〕只看我皤鬢髮皺肌膚〔合〕老容顏便
兒在怕不能認看〔將擔歇左傍地白〕一路行來此間已是白
門首、〔駭然式〕呀、你看門庭顯赫臺閣巍峩竟換了一座公
府第、〔看兩邊介〕連這幾家隣舍通不見了、好生奇怪、〔唱〕
〔園林好〕猛撞頭見朱門畫欄渾不是當年陋椽〔白〕不信我徐
人、就富貴到這箇地位前日首座師父說我四箇兒子多
了官、難道當眞有此事、〔唱〕雖白屋公卿赫顯〔合〕若沒有腹
篇也須要手中錢〔解蒲團鋪地白〕也罷我如今只做化齋打
在此待有人出來問他便了、阿彌陀佛化齋、〔淨上〕呔、箇道
眼睛瞎箇㑳㑳箇塲哈、打坐丢化齋、還勿走開、〔老生〕老善
貧道來路遠、腹中饑餓、募化一頓齋喫、〔淨〕老賊精、你看看
塲哈、箇是聖上勅賜府第、憑你尚書閣老、多要下馬走過
你竟公然坐丢子、幸虧太夫人勿拉屋裏、若歸來看見子、
頓腳骨抱穩子、〔老生〕我是方外之人、料不責罰、〔淨〕你箇老
總是死數裏箇人哉、區區學生新到任箇甲頭、正要好好
敲兩日箇來、〔內喝介〕〔老生拏擔淨扯老生拽介〕壞哉太夫
歸來哉、快點去罷、〔扯下〕〔四小太監外末扮院子隨行副小
扮梅香引老旦上唱〕〔繞一轉擺門介〕
〔嘉慶子〕喜膝前子女皆榮顯痛眼底夫妻隔世緣空自虔誠

鷰（合）知汝魄降靈前徒悲慼淚雙懸（老生從左下角偷看似
狀趔走上白介）太夫人化齋（淨慌式）老囚根還勿走開（打
介（老旦見老生亦疑介）喚那老道過來（外末止淨打喚
道人太夫人喚你道人喚到（老生）太夫人在上貧道稽首
上下看疑介（冷介（老旦）吩咐備齋（外末應介老旦正坐問
你這道人從那裏來的（老生）太夫人聽稟（立右邊唱
尹令（又一體）念咱是五臺法眷（副小旦白）是五臺山來的（老旦
是名山大刹來的（老生連唱）陡然間淚流心顫（老旦白）這
人爲何啼哭起來（副）好事無端爲傄哭起來（老生畧背唱
聞言儼似舊時音囀（白）我欲待上前問一聲怎奈貴賤天淵

我怎好開口（唱合）似雲泥判先教我幾度躊躕不敢言（外
盤設碗筯上白）太夫人齋有了（老旦）就擺在側邊桌上喚
喫便了（外）是道人太夫人賞你的齋（老生）多謝太夫人（外
裏來（老生應走左邊設桌進喫老旦）呀這人好生奇怪儼
我先夫模樣（唱
老生就食偷看呆想副梅香發科介
品令）看他儀容舉止似夫壻舊時顏敢則是魂歸故國重結
生緣（白）梅香（副應老旦）你去問他俗家住在那裏（副）吹道人
夫人問你你俗家住在那裏說（老生）太夫人在上（唱）念蝸
不遠（白）則此地呵（唱）便是道人家原産（老旦驚白）這裏就是
家（急問）姓甚名誰（副）你姓傄叫傄傄（老生唱）俗家徐姓別

小樓循善、（老旦悲駭狀白）徐小樓、（立起問介）可有妻子兒女、

（生）怎麽沒有、荆妻言氏、（老旦悲咽老生連云）大兒徐乾、次

徐亨、三兒徐利、四兒徐貞、一女元姐、（副）啐、老淫婦種、噴蛆

（老旦）賤人爲何分散了、（老生）只爲家道貧窮、沒有貴身之

那日向五里橋、遺巾投水、幸得五臺山和尚救免、（老旦）哎

你一向在那裏、（老生）就隨和尚在山出家、（唱合）點燭焚香、

（旦白）有幾年了、（老生唱）寒暑相更有二十年、（老旦白）如此

是丈夫了、（副小旦）有這樣奇事、（虛下老旦）哎呀丈夫、（撲過

老生讓立右邊雙手搖介）太夫人、不要認錯了、（老旦）哎呀

夫、一些也不差、那日我與孩兒們等到五里橋頭見有遺

在地、只道官人投河身死、爲此請五臺僧衆追薦、（老生）我

因和尚說起、命我下山來的、如此說、你果是我髮妻言氏

（老旦）妾身正是、（老生）哎呀妻嗄、（撲對過歸左上立）（俗增在

裏非（老旦）哎呀丈夫、（各抱哭介老生唱）

【豆葉黃】我只愁爾等失散誰邊、（老旦白）那日呵、（唱）拾得箇巾

回來、只道你身不免、（老生唱著力處）虧伊立志將衆兒保全、

（末白）太老爺、小人們叩頭、（老生）哎呀請起、（老旦）相公請坐、

（生）但不知他們官從何來、（老旦）說也奇怪、大兒贅入叔孫

中、被他拘禁攻書、得中狀元、次女被選入宮、册立爲后、二

征蠻有功、封爲伯爵、三子得仙丹濟世、賜爲光祿大夫、四

欽授翰林供奉、〔老生〕好賢德夫人嗄、〔唱〕我還想那向日貧
府、〔小生丑正旦小旦内白〕執事卸下、〔上同唱〕
還想那向日貧窘、〔合〕怎守得今朝畫閣高軒、〔末白〕各位老爺
玉嬌枝、同歸庭院、受皇恩敢不報捐、〔老生見衆蹋促狀走下
介〔衆〕母親拜揖、〔老旦〕我兒、有天大的喜事在此、〔衆〕有何喜
〔老旦〕你爹爹向日投河、得遇五臺山和尚救免、只因追薦、
起根由、你爹爹特地到家、〔衆〕如今在那裏、〔老旦〕請太老爺、
〔末〕請太老爺相見、〔老旦〕相公、孩兒們回朝了、〔衆〕爹爹、孩兒
在此、〔老生含羞認式〕我兒、〔各哭跪唱〕爹兒驀地重相見、不
的悲喜交歡、〔老生細認白〕嗄嗄嗄、〔看定小生喜云〕你是大孩

徐乾、〔小生應老生〕唔、依稀還有些認得、是文狀元、〔小生〕是、
生反綁手看介　你是二孩兒徐亨、是武狀元、〔丑應介老生〕
好是箇將才、〔老旦〕這是三孩兒徐利、那是四孩兒徐貞、〔老
拍丑背介
嘖嘖、好吓、夫人、我出門時、他纔得十三歲、如今長得魁梧
你二人俱有了官了、〔正旦〕孩兒是光祿寺正卿、〔老生〕你呢、
〔旦〕孩兒是翰林供奉、〔老生〕哎呀呀、夫人、我當初饑寒不免
道今日這等富貴、〔唱〕當初只愁養膳難、誰知自有前程遠
生〔白〕孩兒啓上爹爹、蒙聖上贈爹爹左國柱、淮陰郡公、今
回來、合受恩典、院子、〔外末〕有、〔小生〕取冠帶過來、與太老爺
了、〔外末〕是、〔小生〕一面整備酒筵、與太老爺稱賀、〔外末應取

帶介大吹打衆兒代換國公帽大紅蟒玉帶緞靴換完乜

與老生白 恭喜相公、〔老生〕多謝夫人、〔衆〕爹爹、〔老生〕罷了、〔末〕

上各位老爺、各衙老爺、知道太老爺回府、登門慶賀、〔衆〕孩

等告退、〔老生〕你們去治事、〔衆〕是、〔唱合〕謝天恩團圓驟然、謝

恩團圓驟然、〔下介老生老旦對面坐介淨上〕要死箇哉、〔唱白〕

鍊鎖項介

玉胞肚 無窮罪愆、只得負荊條、求他恕免、〔走進見老生即跪

泣白〕哎呀太老爺嗄、〔老生〕你是什麼人、〔淨〕小人是看門箇

頭、勿認得太老爺了、冲撞子、求太老爺方便、〔老生〕這等小

不計較你去罷、〔淨〕箇是小事還有一出大事務拉裏來、一

說明子、省得後來發覺、〔老生〕什麼事情、〔淨〕

事務、一發求包荒包荒、〔老生〕你就是條大哥請起、〔淨〕不敢

敢、〔老旦〕相公、什麼木人頭、〔老生〕夫人、〔含羞狀〕只問他就曉得

了、〔淨〕壞哉、亦要出醜哉、太老爺當面拉裏、也沒本事不說

夫人、小人叫條丟丟、乃是太老爺箇鄰舍、一向拉外頭做

不問自取箇生意、箇日太老爺要尋生意做、掯着子小人

亦不好替太老爺說明白、竟同到一箇所在、打子一箇腰

洞、我原是極小心箇、凡遇做生意、帶一箇木人頭拉身邊

拏進去透透、那得知箇夜乞裏丟一喊、我丟落子箇牢食

奔、像道太老爺箇夜喫子點虧了、竟出子家哉、木人頭是

箇意思哉、（老旦）原來如此他既是相公的老隣、相公還該顧他纔是、（老生）正是院子、（末）有、（老生）可有什麽執事少人、東門外典舖中少一箇主管、（老生）就賞與你掌管了罷、（淨謝介）多謝太老爺太老爺太夫人請上受小人拜謝、（唱）愿好兒孫奕世公侯美夫妻百歲同全、（合）從今恩怨總休言愿堯天萬萬年、（老生白）罷了、去罷、（淨下）（副小旦二梅香抱公子啓上太老爺公主娘娘三位夫人打發小公子來請太老見禮、（老生老旦同云）少間席上相見罷、（老旦）抱公子與太爺看、（各抱近與生看老生看云）好嗄方面大耳又是讀得的、（老旦）不消讀得多蔭爲承德郎了、（老生）是那箇孩兒所

（老旦）這是大孩兒所出那箇是二孩兒所生的、（老生）可曾名、（老旦）取名徐道、徐續、（老生）那箇道字那箇續字、（副）偷盜盜還俗之俗、（老生）唔胡說、（老旦）抱了公子進去、（小旦副應（老生）夫人四位媳婦是誰家的、（老旦）大媳婦是叔孫承相女、次媳是伏波將軍次女、三是宋學士家小女、四是聖上妹、山陽公主、（老生）好嗄多是公侯宰相之女難得難得夫我二十年前同你在三間破屋之內男無田耕女無帛織計全無故爾投水、那知有今日這般榮華富貴、（老旦）相公當初何等勸你、（唱）

【江兒水】似此淸涼話、不用言說什麽七人口食無週變、（白）你

初還愁他們、不能婚娶、如今端然女有丈夫、男有妻室、〔唱〕箇箇豪門、貴戚成姻眷、南庄北庫陶朱見、〔老生〕咳、〔唱〕悔卻當癡兒、〔合〕若是預曉今朝、枉憶兒孫憂遠、〔小生丑正旦小旦上〕賀〔唱〕笑黃粱揑就狂言、笑黃粱揑就狂言、到今朝方知不

〔川撥棹〕重相見、是眞耶還夢間、〔白〕爹爹母親、請上待孩兒們

〔合〕下、東牆月色偏照西樓月影圓、〔老生白〕夫人、我前日下蒙老和尚、付我錦囊一箇、教我到快樂之時開看、今日夫父子團圓、一門榮貴、可謂快樂之至也、不免把錦囊拆開看、〔看介〕二十年前徐小樓、被人砍去木人頭、兒孫自有兒福、莫把兒孫作遠憂、夫人原來大和尚、把我一生之事、預

題破在上、想我和你、當初何等貧窘、今日何等富貴、這眞是兒孫自有兒孫福、莫把兒孫作遠憂、〔大笑介衆同唱〕

〔尾聲〕俚言四句傳奇遍、新劇初翻成就箇、莫與兒孫作遠牽、

〔隨下〕

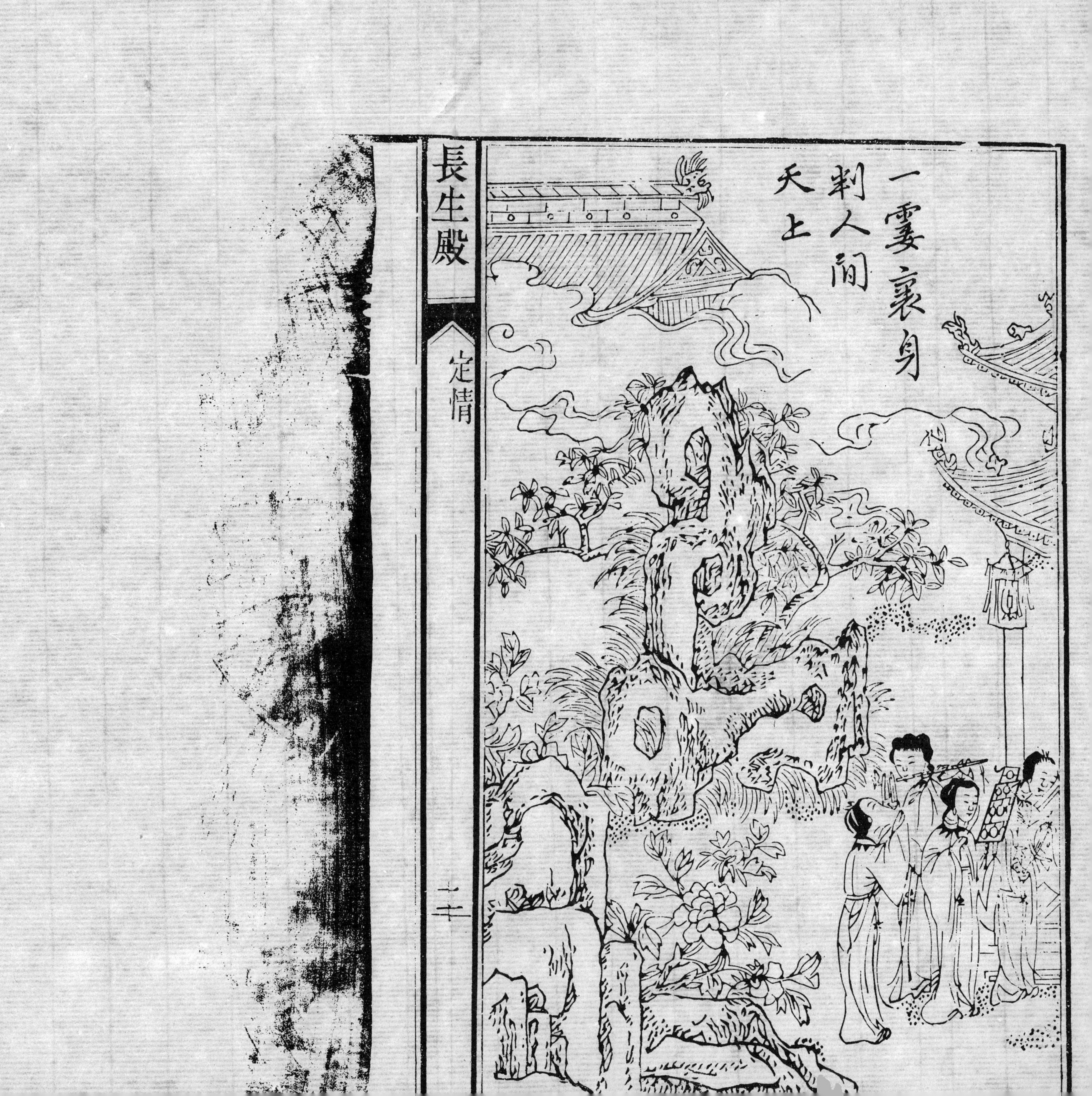
一霎裏身
判人間
天上

生旦登場曲
白行坐休忘
帝主美人溫
柔嬝娜曰生
耳

定情 〔四內監二宮女引生扮唐明皇上〕

【大石引子】【東風第一枝】端冕中天，垂衣南面，山河一統皇唐。層霄露迴，春深宮草木齊芳。昇平早奏，韶華好，行樂何妨。願此生（冠冕中作趣容）（鍾情於色）老溫柔，白雲不羨仙鄉。〔坐科〕韶華入禁闈，宮樹發春暉。天喜相合，人和事不違。九歌揚政要，六舞散朝衣。別賞陽臺樂，旬暮雨飛。朕乃大唐天寶皇帝是也。起自潛邸，入纘皇圖。人不貳姿，姚宋於朝堂；從諫如流，列張韓於省闥。且喜塞風清，萬里民間粟賤，三錢真箇太平致治，庶幾貞觀之年。措成風，不滅漢文之世。近來機務餘閒，寄情聲色。（着意）昨見宮楊玉環德性溫和，丰姿秀麗。卜茲吉日，冊爲貴妃。已曾傳

在華清池賜浴，命永新、念奴伏侍更衣。即着高力士引來見。想必就到也。〔丑扮高力士，占永新，貼念奴，扶旦上〕

【玉樓春】恩波自喜從天降，浴罷粧成趨彩仗。〔占貼〕六宮未見時愁，齊立金階偷眼望。〔丑進見生跪介〕奴婢高力士見駕，冊貴妃楊氏已到殿門候旨。〔生〕宣進來。〔丑〕領旨。〔出傳旨科〕萬歲爺有旨，宣貴妃楊娘娘上殿。〔占貼〕領旨。〔扶旦進見〕〔旦〕臣妾妃楊玉環見駕，願吾皇萬歲萬歲萬萬歲。（生見旦生顏甚悅狀，力士亦喜式）〔宮女〕平身。〔旦〕仰〔云〕臣妾寒門陋質，充選掖庭，忽聞寵命之加，不勝隕越之懼〔生〕妃子世胄名家，德容兼備，取供內職，深愜朕心。〔旦〕萬歲。平身。〔丑〕平身。〔旦〕立起〔福〕萬歲。〔生〕高力士，傳旨排宴。〔丑〕領旨

二陪襯非比尋常此曲應唱

宴、〔內細樂旦把盞福生先滴天換盃定生席永新新把盃于
桌生正坐旦告坐旁桌坐〕〔丑〕上宴、〔生〕

高大石調正曲〔念奴嬌序〕寰區萬里〔合〕〔唱〕徧徵求窈窕誰堪領袖嬪嫱
麗今朝天付與端的絕世無雙思想擅寵瑤宮褒封玉册三
粉黛總甘讓〔丑率衆監跪進酒占貼遞敬上衆叩頭科〕〔合〕〔頭〕惟
取恩情美滿地久天長〔旦〕

〔前腔換頭〕蒙獎沉吟半晌怕庸姿下體不堪陪從椒房受寵承
一霎裏身判人間天上〔走至中跪進酒介〕〔生笑臉立云〕平身、
平身、〔旦叩起坐科〕須仿馮嫽當熊班姬辭輦永持彤管侍
傍〔永新念奴率衆宮女跪叩首〕〔合〕〔前〕立起永新念奴侍立兩旁

〔前腔〕歡賞借問從此宮中阿誰第一似趙家飛燕在昭陽寵
處應是一身承當休讓金屋裝成玉樓歌徹千秋萬歲捧霞
〔合前〕〔丑〕月上了啓萬歲爺撤宴、〔生〕朕與妃子同步階前翫月一
〔旦〕領旨、〔生前立居中旦旁衆八字下立〕〔丑左立〕〔生〕

中呂正曲〔古輪臺〕下金堂籠燈就月細端相庭花不及嬌模樣輕
低傍這鬢影衣光掩映出丰姿千狀〔低笑向旦介〕此夕歡娛
清月朗笑他夢雨暗高唐掌燈往西宮去、〔丑〕是、掌燈往西宮
〔衆〕領旨、〔內監宮女各執燈引生旦行介〕〔合〕〔唱〕紅遮翠障錦
中一對鸞凰瓊花玉樹春江夜月聲聲齊唱月影過宮墻裏
幌好扶殘醉入蘭房〔丑〕啓萬歲爺已到西宮了、〔生〕內侍迴避、

領旨（率衆監齊下）（生）

餘文花搖燭月映窗把良夜歡情細講（合唱）莫問他別院離宮

漏長（宮女與生旦卸蟒除唐帽換披風玉蟾冠旦鳳冠不用

永新念奴率衆宮女下）

長生殿
賜盒

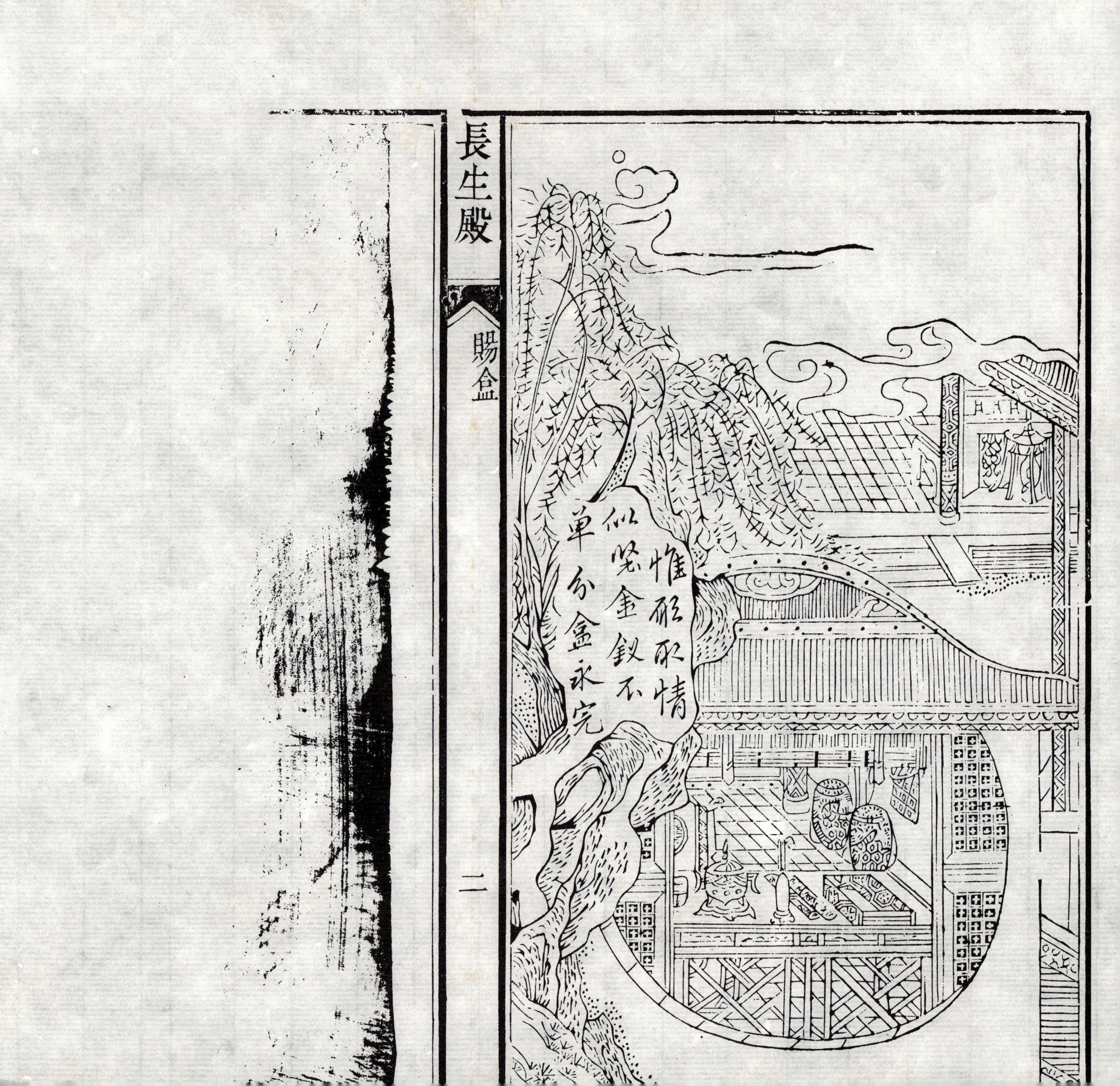
惟願取情
似堅金釵不
單分盒永完

賜盒〔桌擺正場门字式旦告坐與生對面〕〔坐科〕〔生〕

銀燭迴光散綺羅、〔丑〕御香深處奉恩多、〔生〕六宮此夜含嚲

〔旦〕明日爭傳得寶歌、〔生〕朕與妃子、偕老之盟、今夕伊始、〔袖

釵盒介〕特攜得金釵鈿盒在此、與卿定情、〔旦〕萬歲、〔生〕

越調正曲〔綿搭絮〕這金釵鈿盒百寶翠花攢、我緊護懷中珍重奇

有萬般今夜把這釵呵、與你助雲盤斜插雙鸞這盒呵、早晚

藏錦袖密裹香紈願似他並翅交飛牢扣同心結合歡〔付旦

〔旦立起接釵盒叩首謝科〕

〔前腔〕謝金釵鈿盒鳳翥與龍蟠只恐寒姿消不得天家雨露

〔作背看科〕恰偷覷心暗添歡愛殺這雙頭旖旎兩扇團圞

願取情似堅金釵不單分盒永完〔生立起云〕朧明春月照花

〔旦至中福介永念執燈照〕始是新承恩澤時、〔生〕長倚玉人心自醉、〔合〕年

歲歲樂於斯、

美酒

顯得箇
勳名
垂宇宙
不爭便
姓字
老樵
漁

北曲從硬中
飄逸南詞在
軟地風生、
但入作上入
作平入作去
宜愼之

疑讖〔外武生巾鑲領補緞箭衣佩劍扮郭子儀上〕
壯懷磊落有誰知、一劍防身且自隨、整頓乾坤濟時了、那
方表是男兒、〔轉身正坐介〕自家姓郭名子儀、本貫華州鄭
人氏、學成韜畧腹滿經綸、要思量做一箇頂天立地的男
幹一樁定國安邦的事業、今以武舉出身到京謁選、正值
國忠竊弄威權、安祿山濫膺寵眷、把一箇朝綱看看弄得
成模樣了、似俺郭子儀、未得一官半職、不知何時纔得替
廷出力也、
〔商角套曲〕〔集賢賓〕論男兒壯懷須自吐、肯空向杞天呼、笑他們似
間處燕、有誰曾屋上瞻烏、不隄防柙虎樊熊任縱橫社鼠城

幾回家聽雞鳴起身獨夜舞、想古來多少乘除、顯得箇勳名
宇宙、不爭便姓字老樵漁、〔立起科〕且到長安市上買酒一回、
科〕
逍遙樂〕向天街徐步、暫遣牢騷、聊寬逆旅、俺則見來往紛如、
昏昏似醉漢難扶、那裏有獨醒行吟楚大夫、俺郭子儀呵待
箇同心伴侶、悵釣魚人去、射虎人遙、屠狗人無、〔下〕〔丑扮酒保
我家酒鋪十分高、罰誓無賒掛酒標、只要有錢憑你飲、無
滴水也難消、小子是這長安市上新豐館大酒樓、一箇小
哥的便是、俺這酒樓、在東西兩市中間、往來十分熱鬧、凡
京城內外、王孫公子、官員市戶、軍民百姓、沒一箇不到俺

上來喫三杯、也有喫寡酒的、喫案酒的、賣酒去的、包酒來的、
打發箇不了、道猶未了、又是一箇喫酒的來也、〔虛下〕〔外行
上〕【上京馬】遙望見綠楊斜靠畫樓隅、滴溜溜一片青帘風外舞、
得箇燕市酒人來共沽、〔喚科〕酒家有麽、〔丑急上〕嗄來了、客官
酒請樓上坐、〔外〕待俺上去、〔作上樓科介〕好一座酒樓也、做
窗日朗、風疎、見四週遭、粉壁上都畫着醉仙圖、〔丑問科〕客官
飲還是待客、〔外〕獨飲三杯、有好酒取來、〔丑應下樓取科〕夥
取壺好酒來嗄、〔上樓介〕客官酒在此、〔內吽科〕小二哥這裏
〔丑應忙下〕〔外飲酒科〕
【梧葉兒】俺非是愛酒的閒陶令、也不學使酒的莽灌夫、一謎

痛飲與豪麄、撐着這、醒眼兒誰偢倸、問醉鄉深可容得吾、〔內
喧聲介〕〔外〕聽街市恁喧呼、偏冷落高陽酒徒、〔作起左下場
上看科內大吹打老旦扮內監副末淨扮官俱吉服雜扮
軍扛擡金幣牽羊擔酒繞場行下〕〔丑捧酒上〕客官、熱酒在
〔外中立〕酒保、我問你這樓前那些官員是往何處去來、〔丑
官、你一面喫酒、我一面告訴你、〔外走進桌云〕你說來、〔丑〕只
國舅楊丞相并韓國虢國秦國三位夫人、萬歲爺各賜造
第、在這宣陽里中、四家府門相連、俱照大內一般造法、這
家造來要勝似那一家的、那一家造來又要賽過這一家
若見那家造得華麗、這家便拆毀了重新再造、定要與那

一樣、方纔住手、一座廳堂足費上千萬貫錢鈔、今日完工此合朝大小官員都備了羊酒禮物前往各家稱賀、打從裏過去、（外）哦有這等事、（丑）待我再去看燕酒來、（下）（外嘆科）呀、外戚寵盛到這箇地位如何是了、

〔醋葫蘆〕怪私（奮怒狀）家恁僭竊競豪奢誇土木、一班兒公卿甘作折趨爭向權門如市附、再沒有一箇人呵、把輿情向、九重分訴知他朱甍碧瓦總是血膏塗、（立起科）心中一時忿懣不覺酒上來、且向四壁閒看一回、（作看科）這壁廂細字數行有人的詩句待我看來、（作看念科）燕市人皆去、函關馬不歸、若山下鬼、環上繫羅衣、呀、這詩好奇怪也、

〔么篇〕我這裏停睛一直看、從頭兒逐句讀、細端詳詩意少禎且看是什麼人題的、（又看念科）李遐周題、（作想科）李遐周、名字好生識熟、哦、是了、我聞得有箇術士李遐周、能知過未來、必定就是他了、多則是就裏難言藏讖語猜詩謎杜何處早難道醉來牆上信筆亂鴉塗、（內又作喧鬧介）（外）酒保裏、（丑扯上）來了來了、客官做什麼、（外）樓下爲何又這般喧（丑）客官、你靠着這窗兒往下看去就是、（外照前立椅看科）王服騎馬騎者狀頭踏職事前導引上繞場行下科（外）那何人、（丑）客官、你不見他那箇大肚皮麼、這人姓安名祿山、歲爺十分寵愛他、把御座的金雞步障都賜與他坐過、今

又封他做東平郡王、方纔謝恩出朝、賜歸東華門外新第從這裏經過、（外驚怒科）嗄、這這就是安祿山麽、有何功勞封王爵、咳、我看這廝面有反相、亂天下者、必此人也、

【金菊香】見了這野心雜種牧羊奴、料蜂目豺聲定是狡徒、把箇野狼引來屋裏居、怕不將題壁詩符、更和那私門貴戚例逞妖狐、（丑）客官、爲甚事這般着惱來、（外）噯、（拍桌立起走出雄威式、）

【柳葉兒】不由人冷颼颼衝冠髮豎、熱烘烘氣夯胸脯、咭噹噹腰間寶劍頻頻覷、（丑）客官請息怒、再與我消一壺罷、（外）咳、（搖科）便教我傾千盞、飲盡了百壺、怎把這重沉沉一箇愁擔消除、不喫酒了、收了這酒錢去者、（丑收包下樓科）別人來三和萬事、這客官一氣惹千愁、（下）（外）我且回到寓所去罷、（作樓轉行科）

【浪裏來】見着那一樁樁傷心的時事遝、（興索然介）湊着那一句句感時詩讖伏、怕天心人意兩難摸、好教俺費沉吟、跎踏地將、箇對看滿地斜陽欲暮、到蕭條客館、兀自意躊躕、（作到寓進坐科）扮院子持朝報上、禀爺、朝報在此、（外）取來、（看科）兵部一本、除授官員事、奉聖旨、郭子儀授爲天德軍使、欽此、原來旨已下、只索早收拾行李、即日上任去者、（末應下）（外）俺郭子儀雖則官卑職小、便可從此報效朝廷也、（愁改喜顏介）

【高過隨調煞】赤緊似尺水中展鬣鱗、枳棘中排毛羽、且喜奮

霄有分上天衢㡿待的把乾坤重整頓將百千秋第一等勲

閫縱有妖氛孽蠱少不肎擔日月手把大唐扶

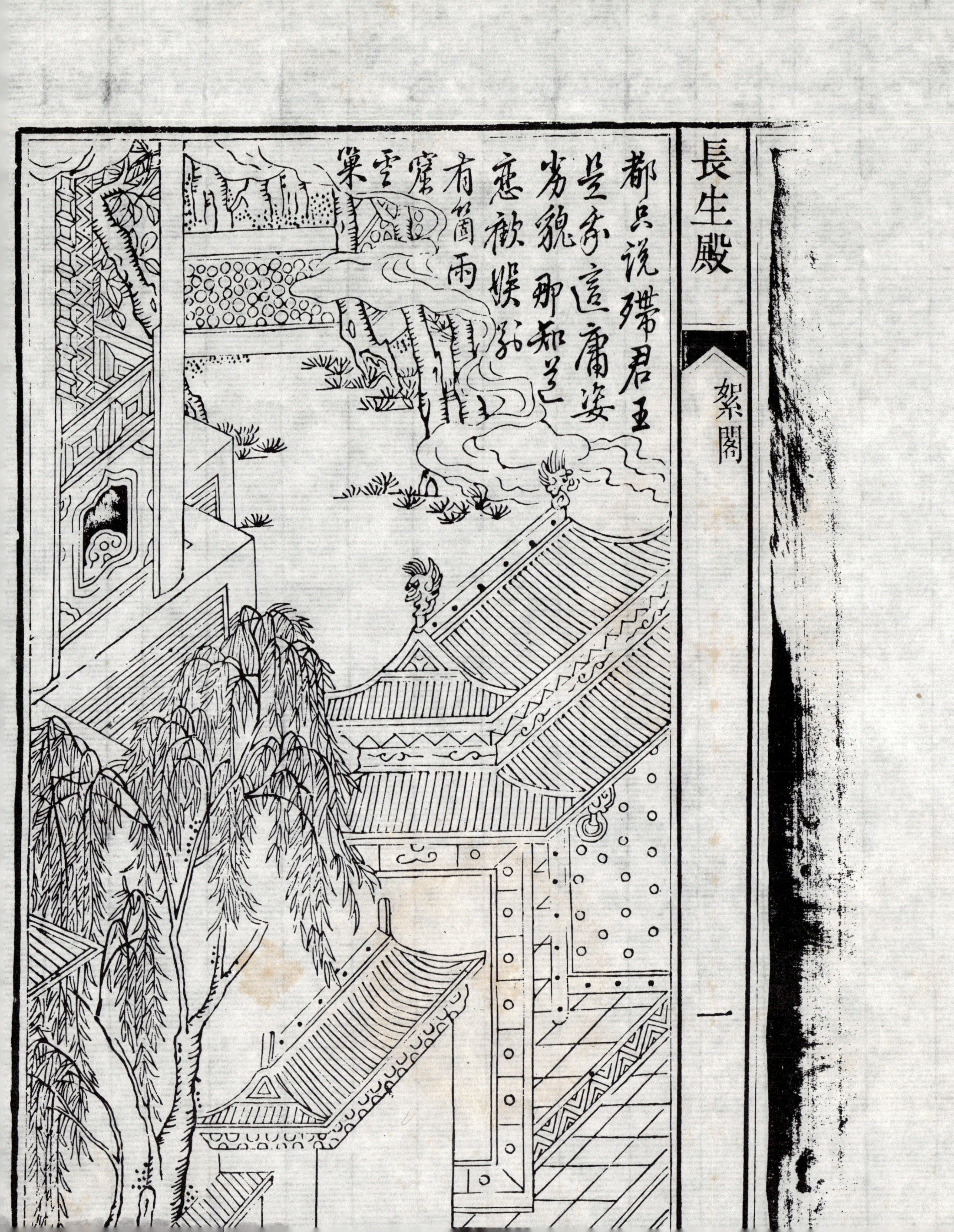
都只說殢君王
是寡這庸姿
劣貌那知道
恣歡娛別
有箇雨
窟雲
巢

長生殿
絮閣
二

絮閣〔丑上〕自閉昭陽春復秋、羅衣濕盡淚還流、一種蛾眉明月夜、南歌舞北宮愁、咱家高力士向年奉使閩粤選得江妃進御、歲爺十分寵幸、爲他性愛梅花、賜號梅妃、宮中都稱爲梅娘、自從楊娘娘入侍之後、寵愛日奪、萬歲爺竟將他遷置陽宮東樓、昨夜忽然托疾宿於翠華西閣、遣小黃門密召來、戒飭宮人、不得傳與楊娘娘知道、命咱在閣前看守、此天色黎明、恐要送梅娘娘回去、只索在此伺候、〔虛下〕〔小旦燈正旦執宮扇引貼行上〕

黃鐘調合套〔北醉花陰〕一夜無眠亂愁攪、未拔白潛蹤來到、往常紅日影弄花梢、軟咍咍春睡難消、猶自壓繡衾倒、今日呵、可的鳳枕急忙抛、單則爲那籌兒撇不掉、〔丑暗上望科〕呀、遠遠的、正是楊娘娘、莫非走漏了消息麼、現今梅娘娘還在閣如何是好、〔貼到科〕〔丑忙見科〕奴婢高力士叩見娘娘、〔貼問萬歲爺在那里、〔丑〕在閣中、〔貼〕還有何人在內、〔丑〕沒有、〔貼冷科〕你開了閣門、待我進去看者、〔丑慌科〕娘娘且請暫坐、奴啓上娘娘、萬歲爺昨日呵、〔貼勉强坐科〕〔丑〕

〔南畫眉序〕只爲政勤勞、偶爾違和厭煩擾、〔貼〕既是聖體違和生在此駐宿、〔丑〕愛清幽西閣暫息昏朝、〔貼〕在裏面做甚麼、偃龍牀靜養神疲、〔貼〕你在此何事、〔丑〕守玉戸不容人到、〔貼怒

高力士、你待不容我進去麽、〔丑慌叩頭科〕娘娘息怒、只、因

奉君王命、量奴婢敢行違拗、要高〔貼怒科〕嗐、

〔北喜遷鶯〕休得把虛脾來掉、休得把虛脾來掉、嘴喳喳弄鬼粧

公、〔丑〕奴婢怎敢、〔貼〕焦也波焦、急的咱滿心越惱、我曉得你今

呵、別有箇人兒挂眼梢、〔丑支吾介〕沒有嗄、〔貼〕倚着他寵勢高

明欺我失恩人時衰運倒、〔丑〕奴婢焉敢、〔貼起科〕也罷、我只得自

把門敲、我只得自把、得這門敲、〔丑慌云〕娘娘請坐、待奴婢叫

來、〔貼又強坐介〕〔丑作高叫科〕楊娘娘來了、開了閣門者、〔老

扮宮女暗上云〕嗄、請少待、〔轉進請駕科〕萬歲爺、〔畧高云〕萬

爺、〔小生帳內輕唱介〕

〔南畫眉序〕何事語聲高、驀忽將人夢驚覺、〔丑又叫科〕楊娘娘

此快些開門、〔老旦跪稟〕啓萬歲爺、楊娘娘在外、〔小生作呆

呀、這春光漏泄怎地開交、〔老旦〕這門還是開也不開、〔小生

着、〔背科〕且教梅妃在夾幕中暫躲片時罷、〔小生遮梅妃下〕〔老旦看內笑科〕

萬歲爺、萬歲爺、萬歲爺、笑黃金屋恁樣藏嬌、怕葡萄架霎時推倒、

生上作伏桌科〕宮娥、朕和衣假寐伴推睡、你索把獸環開

〔老旦〕領旨、〔作開門科〕〔貼直入丑急聲科〕楊娘娘、〔貼怒目顧

〔丑低云〕到、〔貼進見小生福叩科〕妾聞陛下聖體違和、特來

安、〔留心偷看介〕〔小生假作病聲科〕寡人偶然不快、未及進

何勞妃子清晨到此、〔貼立起站旁云〕陛下致疾之由妾到

處處狡獪今人易學但在狡獪處則生艷趣始稱盡善

着有幾分了、〔小生笑科〕妃子猜着何事來、〔貼〕哪、

【北出隊子】多則是相思縈繞、爲着箇意中人把心病挑、〔小生科〕寡人除了妃子、還有甚意中人、〔貼〕妾想陛下、向來鍾愛過梅精、何不宣召他來、以慰聖情牽挂、〔小生假驚科〕呀、此久置樓東、那有復召之理、〔貼〕嗳、只怕悄東君春心偏向小梢、單則待單則待望着梅來把渴消、〔小生〕寡人那有此意、〔貼〕不沙、怎得那一斛珍珠去慰寂寥、〔小生〕妃子休得多心、寡人夜呵、

【南滴溜子】偶只爲偶只爲微痾、暫思靜悄、〔貼細看尋科〕〔小生〕恁蘭心蕙性、漫多度料、把人無端奚落、〔作欠伸科〕我神虛懶應酬相逢

言少、請暫返香車圖箇睡飽、〔貼見鞋科〕呀、這御榻底下不是隻鳳舃麼、〔小生急起作欲掩科〕在那裏、〔懷中又掉出翠鈿〕〔拾看科〕咦、又是一朵翠鈿、此皆婦人之物、陛下既然獨寢、得有此、〔小生作羞科又呆面式〕好奇怪、這是那裏來的、連人也不解、〔貼〕陛下怎麼不解、〔小生出桌介〕〔丑作急態一面低云〕呀、不好了、見了這翠鈿鳳舃、楊娘娘必不干休、不免送梅娘娘、悄從閣後破壁而去、回到東樓便了、〔虛下〕〔貼〕

【北刮地風】嗳呀、則這御榻森嚴宮禁遙、早難道有神女飛度宵、則問這兩般兒信物是何人掉、〔作將舃鈿擲地丑暗上拾〕〔貼〕昨夜誰侍陛下寢來、可怎生般鳳友鸞交到日三竿猶

臨朝、外人不知呵、都只說殢君王是奴、這庸姿劣貌、那知道

歡娛、別有箇雨窟雲巢、請陛下早出視朝、妾在候駕回宮者、

跪、小生扶起云、寡人今日有疾、不能視朝、(貼)嗳、雖則是蝶

餘鴛淚中春情顛倒、(小生作呵斬、丑假作扶小生、附小生耳

梅娘娘已送回東樓矣、(貼背指小生科)困迷離精神難打

怎負他鳳墀前鵠立羣僚、(小生)妃子勸寡人視朝、只索勉強

去、高力士、(丑應小生)你在此送娘娘回宮者、(丑)領旨、(小生

駕、(丑)擺駕、(末副扮監暗上應科)(小生立起出閣云)風流惹

風流苦、不是風流總不知、(末副引小生下)(貼坐科)高力士、

有、(貼)你瞞着我做得好事、(丑)奴婢沒有瞞娘娘、做什麼事

(貼怒科)只問你這翠鈿鳳舃、是那一箇的、(丑)嗄、這箇麽、(旁

科

南滴滴金、(告)娘娘省可閒煩惱、奴婢看萬歲爺與娘娘呵、百

千隨眞箇少、今日這翠鈿鳳舃、莫說是梅亭舊日恩情好、(貼

倸面向右科)(丑)就是六宮中新窈窕、娘娘呵、也只合佯裝

曉、直恁破工夫多計較、不是奴婢擅敢多口、如今滿朝臣宰、

沒箇大妻小妾、(貼怒容科)嗄、(丑)何況九重容不得這宵、(貼

泣下淚科)(丑立起)(貼)

北四門子、只做嬌哭狀、這非是衾裯不許他人抱、這非是衾裯不許他人

道的咱量似斗筲、只怪他明來夜去裝圈套、故將咱瞞的牢

萬歲爺瞞着娘娘、不過怕娘娘着惱、非有他意。〔貼〕把似怕焦則休將彼邀、却怎的劣雲頭只思別岫飄、將他假做拋墻、招轉、鬭兒心腸難料。〔作掩淚坐科〕〔正旦扮永新上〕清早起來、見了娘娘、一定在這翠閣中、不免進去。〔作進見貼科〕呀、娘娘呵、

【南鮑老催】為何淚拋、無言獨坐神暗消。〔問丑科〕高公公、是誰着他情性嬌。〔丑低云〕不要說起、〔暗出鈿盒與正旦看科〕只為了這兩件東西、故此發惱。〔正旦笑低科〕如今那人呢。〔丑〕早去了。〔正旦〕萬歲爺呢。〔丑〕出去御朝了。永新姐你來得甚好、勸娘娘回宮去罷。〔正旦〕曉得了。〔回向貼科〕娘娘嗄、你漫將

黛顰啼痕滲、芳心惱、晨餐未進過清早。怎自將千金玉體輕了。請回宮去尋歡笑。〔小生唐帽蟒服內監喝引上〕〔小生〕媚處何限、情深妬亦真、且將箇中意慰取眼前人。〔內監報科〕駕〔丑慌出跪科〕奴婢接駕。〔小生〕高力士、楊娘娘在那裏。〔丑〕還閣中。〔小生〕嗄、還在閣中、〔丑〕是。駕到、〔小生進閣內監卸下〕〔正云〕駕到、〔小生見貼貼作不語走右上旁掩泣科〕〔小生叫科〕子、為何掩面不語。〔貼只泣不應小生賠笑科〕妃子、休要煩朕和你到華萼樓上看花去。〔丑正旦會意出閣諢下〕〔貼〕

【北水仙子】問問問、問華萼嬌怕怕怕、怕不似樓東花更好、有有梅枝兒會占先春、又又又、又何用綠楊牽繞。〔小生〕寡人

點眞心難道妃子還不曉得、〔貼〕請請請〔執小生雙手似軟
式〔小生笑坐科〕〔貼〕請眞心向故交免免免免人怨爲妾情
〔至中跪科〕妾有下情望陛下俯聽、〔小生作扶式〕妃子有話
起來說、〔貼不起泣云〕妾自知無狀、謬竊寵恩、若不早自引
誠恐謠諑日加、禍生不測、有累君德、鮮終、益增罪戾、今幸
眷猶存、望賜斥放、陛下善視他人、勿以妾爲念也、〔小生笑
說甚話來、〔貼泣拜科〕拜拜拜辭了往日君恩天樣高〔出
盒科〕這釵盒是陛下定情時所賜、今日將來交還陛下、〔小
笑搖首介〕〔貼〕把把把深情密意從頭繳、〔小生〕這是怎麼
〔貼越悲科〕省省省可的靚舊物淚重抛〔悲咽不止倒地

生扶起科〕妃子何出此言、朕和你兩人呵、〔貼立右邊略上
淚介〔小生向貼慰科〕
南雙聲子〕情雙好情雙好縱百歲猶嫌少怎說到怎說到平
地分開了〔與貼拭淚科〕總朕錯卿莫惱〔貼漸回心小生笑覷
科〕見了你這顰眉淚眼越樣生嬌妃子可將釵盒依舊收
既是不耐看花、朕和你到西宮閒話去、〔貼〕陛下、誠不棄妾
復何言、
北煞尾〕領取釵盒再收好〔袖釵盒至中福介〕度芙蓉帳煖今
重把那定情時心事表〔小生攜貼手帶看帶走笑科並下〕

聞鈴（外黑髯紫甲飾盔執槍背旗上） 一

金戈鐵馬颷飛鳥、猛將齊驅下國都、須教亂賊歸吾手、方人間大丈夫、俺右龍武將軍陳元禮是也、今安賊造反、破長安、聖駕西巡、命俺扈駕、前面是棧道了、（向內云）衆將官（衆應介）遵行前面伺候者、（內衆吶喊鳴鑼作起行式）（丑內）萬歲爺請上馬（雜扮一小太監執曲柄傘隨小生上）（俗扮馬夫拉馬陳元禮隨小生上非）小生色蟒唐帽黑三髯外罩黃一口鐘黃雨帽執鞭乘馬（丑龍箭衣龍馬褂素珠大太監帽外罩青一口鐘青雨帽馬隨上（小生）

高大石調正曲（武陵花）玉輦巡行多少悲凉途路情（作看意式）看雲山重疊處

我亂愁交弁無邊落木響秋聲長空孤雁添悲哽寡人自離鬼飽嘗辛苦、前日遣使臣賚奉璽冊傳位太子去了、行了月將近蜀中、且喜賊兵漸遠、可以緩程而進、只是對此鳥花落水綠山青、無非助朕悲懷（對景傷情狀）、如何是好、（丑）萬歲爺、途路霜十分勞頓、請自排遣、勿致過傷、（小生）（心痛鼻酸介）亥高力士、朕與妃坐則並几、行則隨肩、今日倉卒西巡、斷送他這般結果、教人如何撇得下也、（淚珠若雨式）（淚介）（丑亦哭介）請免悲傷、（小生）提（外暗上）起傷心、淚如傾（回望）馬嵬坡下、不覺恨塡膺、（丑）前面就是棧道了、請歲爺挽定絲繮、緩緩前進、（小生）梟梟旗旌、背殘日風搖影馬崎嶇怎暫停怎暫停、（只見）黃埃散漫天昏暝哀猿斷腸子

緜緜哀憤作者休輕放過

叫血好教人怕聽兀的不慘殺人也麼哥兀的不苦殺人也
哥蕭條怎生峨着山下少人經（丑）雨來了（小生）冷雨斜風撲
迎（丑）雨來了請萬歲爺暫登劍閣避雨（小生作下馬登閣坐
（外作向內科）衆將官且暫駐扎雨住再行（內應吶喊作駐
介）（外丑作兩邊立椅上介）（執傘小監虛下介）（小生）獨自登
意轉傷蜀山蜀水恨茫茫不知何處風吹雨點點聲聲迸
腸（內作鈴響介）（小生）你聽那壁廂不住的聲響聒的人好
耐煩高力士看是甚麼東西（丑）啓萬歲
是樹林中雨聲和着簷前鈴鐸隨風而響（小生）呀這鈴聲
不做美也（丑亦皺眉科）

前腔（又一體）淅淅零零一片悲悽心暗驚遥聽隔山隔樹戰合
雨高響低鳴一點一滴又一聲一點一滴又一聲和愁人血
交相迸對這傷情處轉自憶荒塋白楊蕭瑟雨縱横此際孤
悽冷鬼火光寒草間濕亂螢只悔倉皇負了卿負了卿我獨
在人間委實的不願生語娉婷相將早晚伴幽冥一慟空山寂
鈴聲相應閣道崚嶒似我迴腸恨怎平（丑）萬歲爺且免愁煩雨
了請下閣去罷（執傘小監作暗上介）（小生作下閣上馬介）（外
內科）衆將官起駕（內衆應吶喊作拔寨起行狀）（丑外隨小
行介）（俗作連唱非並臨下吶喊皆非）（小生）
尾聲迢迢前路愁難罄厭看水綠與山青傷盡千秋萬古情

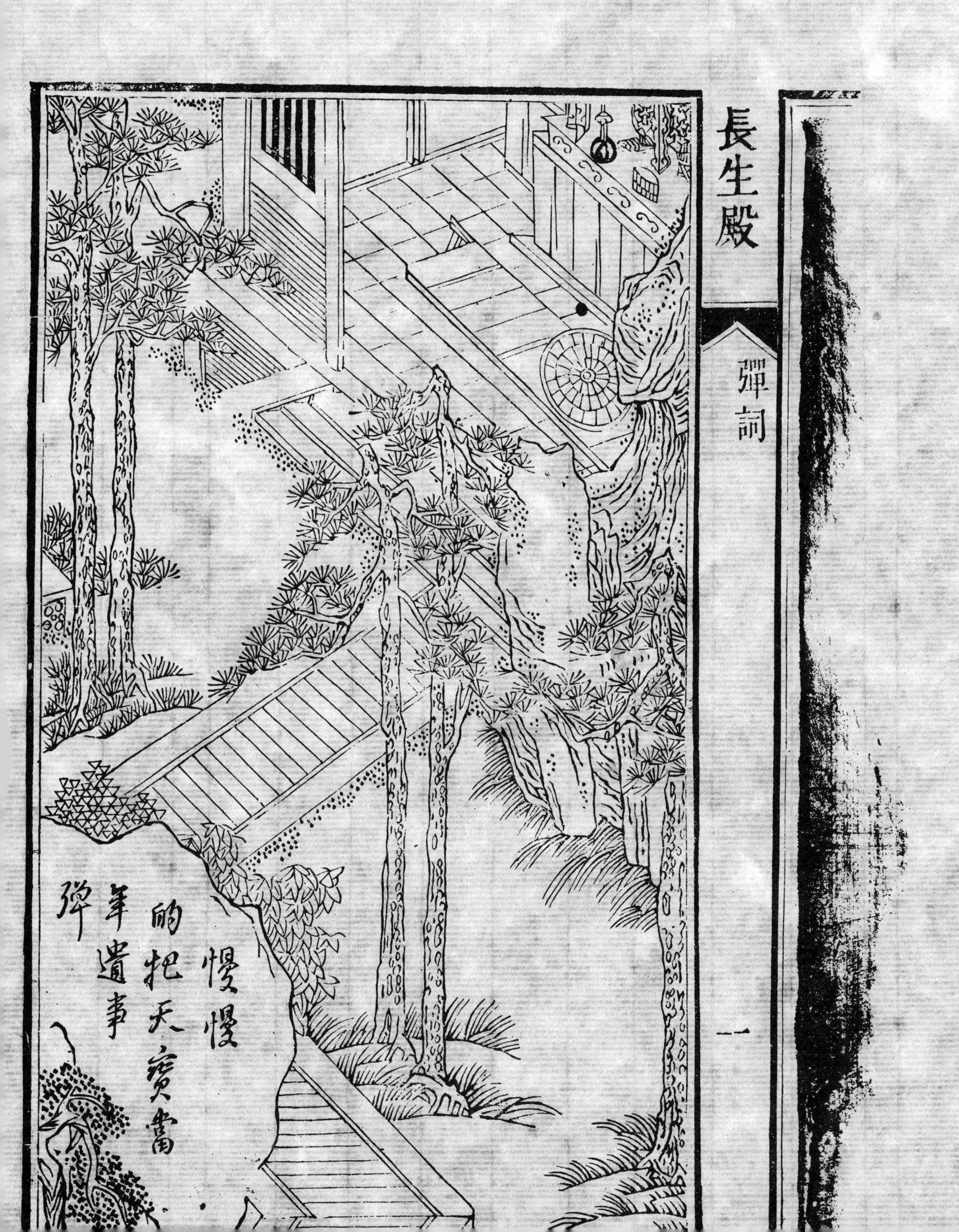
慢慢
的把天寶當
年遺事
彈

彈詞（末白鬚舊衣抱琵琶上不用帶扇如搧扇更像走邊街等流也）

一從鼙鼓起漁陽、宮禁俄看蔓草荒、留得白頭遺老在、譜

末語殘恨說興亡、老漢李龜年、昔爲內苑伶工、供奉梨園、蒙萬歲

爺十分恩寵、自從朝元閣教演霓裳、曲成奏上、龍顏大悅、

貴妃娘娘各賜纏頭、不下數萬、誰想祿山造反、破了長安、聖

駕西巡、萬民逃竄、俺們梨園部中、也都七零八落、各自奔

老漢來到江南地方、盤纏都使盡了、只得抱着這面琵琶、

箇曲兒餬口、今日乃青溪鷲峯寺大會、遊人甚多、不免到

賣唱、（嘆科）咳、想起當日天上青歌、今日沿門鼓板、好不顛

人也（行科）

南呂調套曲（一枝花）不隄防餘年值亂離、逼拶得岐路遭窮敗、受

波風塵顏面黑、歎衰殘霜雪鬢鬚白、今日箇流落天涯、只留

琵琶在、揣羞臉上長街又過短街、那裏是高漸離擊筑悲歌、

做了伍子胥吹簫也那乞丐、

（梁州第七）想當日奏清歌趨承金殿、度新聲供應瑤階、說不

九重天上恩如海、幸溫泉驪山雪霽、泛仙舟興慶蓮開、翫嬋

華清宮殿、賞芳菲花萼樓臺、正擔承雨露深澤、驀遭逢天地

災、劍門關塵蒙了鳳輦鑾輿、馬嵬坡血汚了天姿國色、江南

哭殺了瘦骨窮骸可哀、落魄只得把霓裳御譜沿門賣、有誰

喝聲采、空對着六代園林草樹埋、滿目興衰、（虛下）（小生巾服

能彈不能彈原非藉此專在務頭關要處着力爲是

（扇上）花動游人眼、春傷故國心、霓裳人去後、無復有知音、（立意）
生李暮、向在西京留滯、亂後方回、自從宮墻之外、偷按霓裳
數叠、未能得其全譜、昨聞有一老者、抱着琵琶賣唱人人都
說手法不同、像箇梨園舊人、今日鷲峯寺大會、想他必在那
裏不免前去尋訪一番、一路行來、（內應聲科）你看遊人好不盛也、（外
服副衣帽淨長棕帽帕裏頭扮仙西客攜丑扮妓女隨上）
閒步尋芳惜好春、（副）且看勝會逐游人、（淨）大姐、喒和你及
行樂休空過、（丑）客官好聽琵琶一曲新、（小生向副科）老兄
了動問這位大姐說甚麼琵琶一曲新、（副）老兄不知、這裏
到一箇老者、彈得一手好琵琶、今日在鷲峯寺趕會、因此
家同去一聽、（小生）小生正要去尋他、同行如何、（衆）如此極
（同行科）行行去去去去行行、已到鷲峯寺了、就此進去、（同
科）（副）那邊一箇圈子、四圍板櫈、想必就是、我們一齊挨進
坐下聽者、（衆作坐科）（末上見科）列位請了、（俗少二字非）（衆）請了、（末）想都
聽曲的、（衆應介）（末）請坐了、待在下唱來請教、（衆）正要領教、
（彈琵琶唱科）
九轉貨郎兒　唱不盡興亡夢幻、彈不盡悲傷感歎、（心手生悽聽者神注）（大古里）凄
滿眼對江山、我只待撥繁絃、傳幽怨、翻別調、寫愁煩、（慢）慢的
天寶當年遺事彈、（小生預讚大衆隨讚）（外）天寶遺事、好題目（作知文式）
（淨）大姐、他唱的是甚麼曲兒、可就是喒家的西調麼、（丑）也

聲略細指
微輕惟聞
娜宮音活
太眞起臥

不多兒〔小生〕老丈天寶年間遺事（作識者狀）一時那裏唱得盡者請先

把楊貴妃娘娘、當時怎生進宮、唱來聽波、〔衆〕齊胡應沐彈唱

科

〔二轉〕想當初、慶皇唐太平天下、訪麗色、把蛾眉選刷、有佳人生

長在弘農楊氏家、深閨內、端的玉無瑕、那君王一見了歡無那

把鈿盒金釵親納、評跋做昭陽第一花、〔照前而羨〕〔丑〕那貴妃娘

娘、怎生模樣、〔淨〕可有咱家大姐這樣標致麼、〔副〕只怕也差不

多、且聽唱出來者、〔末彈唱科〕

〔三轉〕那娘娘生得來仙姿佚貌、說不盡幽閒窈窕、眞箇是花輸

雙頰柳輸腰、比昭君增妍麗、較西子倍風標、似觀音飛來海嶠

恍嫦娥偷離碧霄、更春情韻饒、春酣態嬌、春眠夢悄、總有好丹

青那百樣娉婷難畫描、〔丑〕嗤笑〔淨〕贊〔介〕〔淨〕瞪眼聽〔小生〕外倍羨

〔副〕笑〔介〕聽這老翁說的楊娘娘標致、恁般活現、倒像是親

見的、敢則謊也、（好猜科式）〔淨〕嗳、只要唱得好聽、管他謊不謊、那時皇

怎麼樣看待他來、快唱下去者、〔小生〕請唱者、〔末彈唱科〕

〔四轉〕那君王看承得、似明珠沒兩、鎮日裏高擎在掌、賽過那

宮飛燕倚新粧、可正是玉樓中巢翡翠、金殿上鎖着鴛鴦、宵

晝傍、直弄得箇伶俐的官家顛不刺、懵不刺、撇不下心兒上

了朝綱、占了情塲、百支支寫不了風流帳、行廝並坐廝當、雙

緊的倚了御牀、博得箇月夜花朝同受享、〔衆〕宜點首出神〔淨〕

譜至舞盤
歸章片片攢
龜年窮究曲
師觸料應歎

流涎〔入鼓末於此下喫茶桌間盃壺勿設〕〔淨倒科〕哎呀好

活、聽的喈似雪獅子向火哩、〔丑扶科〕怎麽說、〔淨〕化了〔副〕哎

阿番道、〔衆笑科〕〔小生〕當日宮中有霓裳羽衣一曲、聞說出

御製、又說是貴妃娘娘所作、老丈可知其詳、請唱與小生

咱、〔外〕定要請教、〔末彈唱科〕

〔五轉〕當日阿那娘娘在荷亭 把 宮商細按、譜新聲 將 霓裳調

晝長時親自教雙鬟、舒素手拍香檀 一 字字都 吐自朱唇皓

間 恰便似、一串驪珠聲和韻閒 恰便似 鶯與燕弄關關 恰便

鳴泉花底流溪澗 恰便似 明月下泠泠清梵 恰便似 緱嶺上

唳高寒 恰便似 步虛仙珮夜珊珊 傳集了 梨園部教坊班 向

長生殿 〔彈詞〕 四

盤中、高簇擁着箇娘娘 引得 那 君王帶笑看、〔衆齊讚介〕〔小生〕

泒仙音宛然在耳、好形容也、〔外嘆科〕咳、只可惜當日天子

愛了貴妃朝歡暮樂、致使漁陽兵起、說起來令人痛心也、〔

〔生〕老丈、休只埋怨貴妃娘娘、當日只為誤任邊將、委政權

以致廟謨顛倒、四海動搖、若使姚宋猶存、那見得有此、〔外〕

也說得是、〔末〕咳、若說起漁陽兵起一事、真是天翻地覆、慘

傷心、列位不嫌絮煩、待老漢再慢慢彈唱出來者、〔衆〕願聞、〔

〔彈唱科〕

〔六轉〕恰正好 嘔嘔啞啞霓裳歌舞、不隄防 撲撲突突漁陽戰

剗地裏、〔放琵琶立起式〕出出律律紛紛攘攘奏邊書、急得箇 上上下下都無

早則是喧喧嗾嗾、驚驚遽遽、倉倉卒卒、挨挨拶拶、出延秋西
鑾輿後攜着個嬌嬌滴滴貴妃同去、又只見密密匝匝的兵
惡狠狠的語鬧鬧炒炒轟轟剨剨四下喳呼、生逼散恩恩愛
疼疼熱熱帝王夫婦、霎時間畫就了這一幅慘慘悽悽絕代
人絕命圖〔雙手拍案大哭坐介〕〔外副同歎科〕〔小生淚科〕咳、天
麗質、遭此慘毒、眞可憐也、〔淨笑科〕這是說唱、老兄怎麼認
掉下淚來、〔丑〕那貴妃娘娘死後、葬在何處、〔末彈唱科〕
七轉破不刺馬嵬驛舍、冷清清佛堂倒斜、一代紅顏爲君絕
秋遺恨滴羅巾血、半顆樹是薄命碑碣、一抔土是斷腸墓穴
無人過荒涼野、莽天涯誰弔梨花謝、可憐那抱幽怨的孤魂

伴着嗚咽咽的（唱到此際要緫慘悽）望帝悲聲啼夜月、〔副〕咳、聽傷子心哉、〔淨〕呸、聽
半日、餓得慌了、大姐、喒和你喝燒刀子、喫蒜包兒去、〔做腰
解錢與末同丑諢下〕〔外〕天色將晚、我們也去罷、〔送銀科〕酒
在此、〔末含羞收科〕多謝了、〔外〕無端唱出興亡恨、〔副〕引得傍
也淚流、〔同外下〕〔小生〕老丈、我聽你這琵琶、非同凡手、得自
人傳授、乞道其詳、〔末〕
九轉這琵琶曾供奉開元皇帝、重提起心傷淚滴、〔小生〕這等
起來、定是梨園部內人了、〔末〕我也曾在梨園籍上姓名題
向那沉香亭花裏去承值、華清宮宴上去追隨、〔小生〕莫不是
老、〔末〕俺不是賀家的懷智、〔小生〕敢是黃旛綽、〔末〕黃旛綽同

皆老輩、（小生）這等想必是雷海青、（末）我雖是弄琵琶却不姓

他呵、罵逆賊、久已身死名垂、（小生）這等想必是馬仙期了、（末）我

也不是擅場方響馬仙期、那些舊相識都休話起、（小生）因何

到這裏、（末）俺只爲家亡國破兵戈沸、因此上孤身流落在

南地、（小生）畢竟老丈是誰呢、（末）恁官人絮叨叨苦問俺爲誰

俺老伶工名喚做龜年身姓李、（小生揖科）呀、原來却是李教

失瞻了、（末）官人尊姓大名、爲何知道老漢、（小生）小生姓李

謩、（末）嗄嗄嗄、莫不是吹鐵笛的李官人麽、（小生）然也、（末）幸

幸會、（揖科）（小生）請問老丈、那霓裳全譜、可還記得麽、（末）也還

記得、官人爲何問他、（小生）不瞞老丈說、小生性好音律、向

西京、老丈在朝元閣演習霓裳之時、小生曾傍着宮墻、細

竊聽、已將鐵笛偷寫數段、只是未得全譜、各處訪求、無有

者、今日幸遇老丈、不識肯賜教否、（末）旣遇知音、何惜末技、

（生）如此多感、請問尊寓何處、（末）窮途流落、尚乏居停、（小生）

到舍下暫住、細細請教如何、（末）如此甚好、

【煞尾】俺一似驚烏繞樹向空枝外、誰承望做舊燕尋巢入畫

來、今日箇知音喜遇知音在這相逢異哉恁相投快哉李官

嗄、待我慢慢的傳與你這一曲霓裳播千載、（同下）